祁丙连 著

山丁果子之恋

九 州 出 版 社
JIUZHOUPRESS

图书在版编目（ＣＩＰ）数据

山丁子果之恋 ／ 祁丙连著 . -- 北京 ：九州出版社，
2020.10

ISBN 978-7-5108-9597-5

Ⅰ．①山… Ⅱ．①祁… Ⅲ．①诗集－中国－当代
Ⅳ．① I227

中国版本图书馆 CIP 数据核字（2020）第 184606 号

山丁子果之恋

作 者	祁丙连　著
出版发行	九州出版社
地 址	北京市西城区阜外大街甲 35 号（100037）
发行电话	（010）68992190/3/5/6
网 址	www. jiuzhoupress. com
电子邮箱	jiuzhou@jiuzhoupress. com
印 刷	武汉市卓源印务有限公司
开 本	880 毫米 ×1230 毫米　32 开
印 张	8.5
字 数	176 千字
版 次	2021 年 1 月第 1 版
印 次	2021 年 1 月第 1 次印刷
书 号	ISBN 978-7-5108-9597-5
定 价	57.00 元

诗的眷恋和眷恋的诗

丙连出版诗集，这是可喜可贺的事儿，他诚邀我作序，有点忐忑，我虽是狂热的诗歌爱好者，但对诗歌评论却是门外汉。所幸我比较了解丙连的诗歌创作历程，也就接受了。

想着这篇序言该从何处落笔，我自然想到了我们初相识的时候，想到了我们的学生时代。那是20世纪70年代的最后一年，我们成为"新三届"的最后一届高考生，成为"大学漏子"，来到我们的母校——黑河地区师范学校，学中文专业。我和丙连成为同窗，这一转眼，40年过去了。

他来自嫩江县乡下，我来自爱辉县大森林里，当时我们都不太善于言表，这一点我们十分相像，也因此特别投缘，但真正让我们惺惺相惜，还是源于缪斯女神。他有内秀，喜欢写诗，我们有共同的爱好。我们一起听课、自修，涉及诗歌的内容总是让我们激动，比如古代文学讲到汉乐府的诗，李白、杜甫、白居易等人的诗，现代文学讲到艾青、郭小川、贺敬之等人的诗，都让我们兴奋不已。我们读诗、背诗、抄诗、写诗，乐此不疲。

当时也正是诗歌最火的时代，正值舒婷、顾城、北岛、王小妮、叶延滨、杨炼、杨牧等诗人声名鹊起，他们中有的诗人也正在校园读书。我们一起听著名诗人沙鸥的报告，那是怎样的欣喜若狂，因为我们都是第一次近距离与大诗人接触。报告会后，我们又一起受邀去北方宾馆，到诗人下榻处座谈，记得丙连就山水诗创作向沙鸥提出了问题。这之后，我们受沙鸥老师的影响，开始学写沙鸥老师根据古代的七律创新的八行体诗，我们在塑料皮日记本上写了一首首八行体诗。毕业前，我邀请都爱好写诗的丙连、铁春，还有写小说的振彪，到海兰照相馆照了一张合影相片，我还请照相馆给照片上题写"我的诗友"四个字，给我们的青春时代、校园生活、写诗追求，留下一张珍贵的影像，保存了一份美好的回忆。

毕业后，丙连分到了最基层的逊克县村学校任教，我则阴差阳错分到了煤矿子弟学校。我们遂开始"两地书"，交流的话题自然少不了诗歌，我们有时把各自写的诗寄给对方，我们也都相继在《黑河日报》上发表过诗歌，他写的诗歌《古伦木沓》我就是在报上看到的，诗中"古伦木沓"四个字循环往复，音律跳动，如同舞蹈的节奏，至今我还记忆犹新。

他后来从中学语文教师岗位转行到县广播电台当记者，一直都坚持创作。不久他又被县委办选做秘书，转行从政，由于政务繁忙，他写的诗少了。这也与当时的大环境有关，全民经商，已很少有人坚持写诗。这期间，为了迎接鄂伦春族下山定居40周年，我提议，和丙连合作创作一首长篇叙事诗，创作鄂伦春族题材诗歌，我们各具优势，他是鄂伦春族女婿，耳濡目染，自然有许多生活积累，有丰富的创作源泉，对鄂伦春族民俗等，他也方便请家人来解疑释惑；我则小时候生活的地方与鄂伦春族聚集地相距不远，曾多次去过鄂乡，接触过许多鄂伦春族猎人，也有一些感性认识。我也想了大体框架，就是以一位鄂伦春族老猎人为主人公，写他定居前后的生活经历，反映鄂伦春人生活的巨大变迁。后来他和我的工作变动频繁，也没能静下心来创作，这个计划也就搁浅了，现在想来为没能实现夙愿，还感到深深的遗憾。

丙连的诗写得少了，但业绩突出，凭自己的踏实做人、辛勤努力和出众才能，一步步做到了县里的最高职务级别。近年他又重拾诗笔，诗歌创作到了一个井喷期，一发不可收拾，忙里偷闲，创作了一首首诗歌作品，聚沙成塔，集腋成裘，遂成就了这部诗集的出版。收入诗集里的作品，大多是他近两三年创作完成的。他的创作热情、创作的勤奋，也让我汗颜，值得我学习。我出版了散文集、新闻作品集后，有几位朋友都鼓励和希望我出版诗集，由于新作太少，我的诗集到今天也未能出版，如今，曾经与我一起写诗的丙连的诗集出版，也算是弥补了我的一个缺憾。

他的诗最为突出的特点是感情饱满，特别是他写乡情、乡愁、至亲的诗，饱含深情，情感真挚，读了写至亲的诗，让人流泪，让人感动。例如：如今我跪在姥姥的坟旁/送给她几个纸钱/姥姥不理会飘渺的青烟/我磕了男人的三个响头/姥姥好像抬了抬眼睑/我讲了她自己的故事/姥姥没吱声/结尾　是我的一声长叹（《姥姥的故事》）；他能从小处落笔，聚焦一个寻常物件，写出对亲人的怀念，如回忆姥姥家，从屋门、磨盘落笔，写姥爷的烟袋锅儿，写爸爸身边的老狗等。姥爷的烟袋锅儿这一再寻常不过的物件，却让丙连捕捉到，透过"烟袋锅儿"，依稀看到一位老人的勤劳与辛苦：姥爷的烟袋锅儿/每天总是早醒/他自己也忘记了从啥时候起/烟袋锅儿成了清早的一盏灯（《姥爷的烟袋锅儿》）；《跟妈妈说的话》《妈妈》《母亲节》等诗，回忆他英年早逝的母亲，读后让人怦然心动，潸然泪下：我知道/你是多么不愿意/多么不愿意/就这样悄悄远走/儿子的笑/是你的心声/生命中怎能缺少这甜蜜的节奏/儿子的哭/是你的歌声/这歌声灿烂了你暗淡的双眸/妈妈你不愿走/妈妈你不能走/妈妈你不该走（《妈妈》），声声呼唤，如泣如诉，催人泪下。丙连少时命运多舛，幼年丧母，这是怎样的一种痛楚？这是怎样的一种悲伤？因此，写对亲人的眷恋、写对乡愁的追忆，是他倾注笔墨最多的，也是写得最为成功的，我觉得这些诗是沉重的，基调也是忧伤的，读了令人压抑，但正是这种沉重和忧伤，构成了丙连诗歌的魅力，读者可以走进诗人的内心世界。当然，诗人没有沉湎于沉重与忧伤里，他经受了磨难，养成了坚韧、顽强的性格，不向生活妥协，而是追求美好，珍惜亲情友情。诗歌创作上，他也在不断突破自我，写出了许多明快、明朗的诗，让人心情愉悦。

诗集中写乡愁的诗占的比重较大，如《乡愁》（一）（二）（三）、《故乡的路》《故乡的云》《回故乡》等，以《过年》为题有三首。叙写童年的回忆、师范读书时的回忆等。《乡愁》三首，都是运用乡愁是什么的句式，通过辣椒、石头、炊烟、冬雪、小米粥、热炕头儿等意象，让我们寻找那依稀远去的乡愁，唤起美好的回忆：乡愁/是一句软乎乎的呼唤/"吃饭了"/只要端起碗/就会千万次地咀嚼温柔（《乡愁》三）。

丙连的诗，以饱含深情的笔触关注历史与现实，集子里的《瑷珲风铃》《瑷珲条约》《瑷珲魁星阁》《眺望黑龙江》《界江黑龙江》《胭脂沟》《眺古驿道》等诗，是对历史的关照，无论是对屈辱一页的翻动，还是对国土沦丧的感慨，都让我想起民国瑷珲著名诗人边瑾的边塞诗，想起边瑾的《龙沙吟》。对黑土地、北疆风光、风物的描摹，看出丙连对这片土地的热爱，如《冰排》（一）（二）（三）、《黑土恋歌》《库尔滨雾凇》《雾凇美》《山丁子果之恋》《冰灯》《阿廷河的支流》等，都是对北疆景观的描绘，对北疆的关注。是这片土地养育了作者，因此充满无限深情，自然会浓墨重彩地抒写。一列列凯旋的队伍/每一张脸都笑逐颜开/最冷的雪/最硬的风/都挡不住英雄的情怀（《冰排》一），把冰排的壮观景象淋漓尽致地表现出来。

他的诗篇幅较长的少，短诗多，这也符合碎片化阅读的需要，但短诗写好了也不容易，要抒发丰富的情感，表达多彩的内容，蕴含深刻的哲理，需要阅历，需要经验。在几十年的探索实践中，丙连逐渐找到了适合自己的路径，摸索到了属于自己的情感表达方式。篇幅较长的《因为一条美丽的江》，虽是献给会议的一首诗，却是给美丽黑龙江吟出的一首赞歌，是发自肺腑的对黑龙江的一腔热爱。当然他也写别处，他乡的风土人情也能激发诗人的创作热情。

丙连的诗另一个突出特点是朗朗上口，不晦涩，有节奏感，音韵优美。他坚持写有韵的诗，这一点看，他是尊崇传统的，中国古典诗歌对他的影响很大，他的诗基本上都是押一个韵，一韵到底，一气呵成，这样的诗读了不拗口，尤其适合朗诵。这不由让我想起瑗珲籍中国著名朗诵诗人高兰的诗，高兰的一生致力于朗诵诗运动，他在抗战时崛起，写的诗铿锵有力，节奏鲜明，富有战斗精神，富有艺术感染力，而丙连承接了高兰的诗歌创作传统。纵观他的全部诗作，几乎没有不押韵的诗。重视押韵的同时，他也十分注重意境的营造，写诗，关键是要炼句、炼意、造境。

丙连的诗明白晓畅，通俗易懂，但通俗不等于肤浅，恰恰相反，他的许多作品都耐人寻味，引发读者思考。"诗言志"，丙连的诗歌也是富有理性色彩的,诗里有对人生、对社会的思考，表现他的价值观。从《站台》（一）（二）（三）、《地铁》（一）（二）、《时间》（一）（二）、《读山》（一）（二）、《登山》《路》《看山》《对岸》《旧鞋子》《日历》《唱歌》等诗里，可以发现诗人的哲思，在读出诗的韵味的同时，触发读者的思考。生活中的寻常遇见，他都能敏锐地发现不寻常处，他能有感而发，如《树瘤》，讽刺了社会上存在的一种畸形现象。此外，《睁着眼睛的白桦》《小菜摊儿》等诗，写的都是我们司空见惯的景象，但不是人人能从中发现诗意。比如冻葱，在北疆冬天再寻常不过，丙连却有意外发现：冻不死的一颗心/冻不死的一个梦/给我一丝风的温暖/

还你一片春的葱茏（《冻葱》）。生活处处皆有诗，关键是善于发现，善于捕捉，善于提炼。表达思想极容易把诗写成口号，容易概念化，这是许多习作者经常会遇到的困扰，但丙连克服了诗味儿不足的问题，他的诗很少有干干巴巴、空洞直白的弊端。

丙连写山水风光的诗并不多，即使写到北疆或他出差旅行见到的风光，也不是止于对风光的讴歌，而是寄情山水，着重写他所见之后的所感所悟。这与他的诗的追求以及他的个人阅历有关，那个当年向大诗人沙鸥提出如何创作山水诗的青年，早已不再停留在写景状物上，而是更多地关注人，关注人性，直抵人心，直抵读者心灵最柔软处，写出让人感动、产生情感共鸣的诗。

丙连从少年时代即开始了对诗的眷恋，四十多年后他把眷恋的诗奉献给读者，归来还是少年。希望诗友丙连同学再上层楼，不断写出更多脍炙人口的好诗。

柳邦坤

2020年4月20日于淮安

目　录

第一辑　姥姥的故事

第二辑　瑷珲风铃

第三辑　山丁子果之恋

第四辑 品 茶

第五辑　枣柄儿

第六辑　男人的泪

第一辑

姥姥的故事

姥姥的故事

姥姥的故事
不长也不短
八十多年的篇幅
一双小脚儿穿针引线
有的时候像在扭秧歌儿
更多的时候像在走冰面儿
坑坑洼洼的标点
磕磕绊绊的通篇

我站在
她未曾来过的时间高点
看她童年的烂漫
是一朵苦菜花儿啊
开在并不丰腴的春天

六个闺女两个儿子
八张嗷嗷待哺的渴盼
早已把多汁的乳房
咂得如一只空碗
饿了的孩子都懒得端

偶尔抠出的两个鸡蛋
一个拿去换盐

3

一个藏进了公公的袖管
老人舍不得吃
孩子馋得喉结上打颤

二十几岁守寡的大姥姥
妯娌俩一起生活了几十年
一生的亲姊亲妹
一世的情暖情缘
把大儿子过继给她
两个娘让大舅一生难堪

二女三女五女
为了一张嘴远嫁东北
二三十岁的人生年华
一个挨一个被霜雪掐断
北方的天气冷啊
鲁南的枣儿树移不活
移过去了根儿也干

我成了姥姥第九个孩儿
封了小舅的贪吃肿了小姨的讨嫌
妈妈的妈妈成了我的妈妈
八年的时光堆上了她的眉间
姥姥没戴过首饰
我就是胸坠儿挂在了她的胸前

走不完的磨道

喂不饱的磨眼

很圆又很瘪的磨盘

吃够了还得吃的地瓜干儿

倒进去的是泪是汗

怎么磨也磨不出个甜

总想把日子搅匀

拌上一天的精打细算

鏊子上咋就摊不出个圆儿

这儿薄了那儿厚了

不是这儿苦就是那儿酸

总是在洋油灯下缝啊缝

缝不完的撕扯和眷恋

也想绣朵花儿

不是缺了针就是少了线

红黄蓝绿白的补丁

缝补了生活的许多缺陷

我回到爸爸和继母的新家

姥姥牙缝儿里省下钱

唯一一次走得这么远

就是要看一看我是不是笑着脸

小脚儿和大雪地唠嗑

说的是世上最美的语言

姥爷的坐骨神经痛
疼成了姥姥的老年斑
这个舅那个姨常叨叨你长我短
那个姨这个舅总相互指指点点
姥姥的心湖面平静走着船
心底里却波翻浪卷

我不知道姥姥流了多少泪
三个花儿一样闺女的枯萎
哪一个不扯着心撕着肝
我不知道姥姥淌了多少汗
星星数得清
月儿瞧得见

如今我跪在姥姥的坟旁
送给她几个纸钱
姥姥不理会飘渺的青烟
我磕了男人的三个响头
姥姥好像抬了抬眼睑
我讲了她自己的故事
姥姥没吱声
结尾　是我的一声长叹

2020年3月23日

姥姥的屋门

屋门老了
月光扒开的缝儿
像翘不起来的嘴角儿
漏着四季的风

踢踏出裂口的门槛上
大脚小脚在奔忙
每一次不经意的磕碰
姥姥的表情都很疼

借着门缝儿的光亮
老花镜下的钝针
总是不停地缝啊缝
好像生活有补不完的窟窿

端进端出的米糊糊儿
飘着野菜叶的凄清
灌满了十几口子的肠胃
喂不饱老老小小的笑容
"吱呀呀　吱呀呀"
不管夏天闷热冬天寒冷
也不管进进出出的光阴
爱听还是不爱听

7

趴在门口的老狗
觑着眼睛时睡时醒
守着清汤寡水的日子
狗不嫌家穷

冬日的夜晚要关上
怕屋外那么多的寒星
挤进来
袭灭了暖暖的灯

下雨天要打开
潮气进来老寒腿就犯病
更不能误了天晴
阳光走进来的脚步声

2020年3月17日

姥姥家的石磨

小的时候
山东的姥姥家很穷很穷
少了啥也少不了一盘石磨
有一堆日子需要细磨

石磨不会说话
只会唱吱扭吱扭的歌
歌词是两根木杠
两条绳索

石磨看似铁石心肠
磨盘是石的磨心是铁的
当你把冰冷填进去
流出来的是暖暖的汁液

石磨是圆的
踏出的磨道是圆的
白天走着日头
夜晚走出的是圆月

把地瓜干儿苞米粒儿
连同酸甜苦辣涩
磨碎　摊上煎饼鏊子

就能烙出生活的底色

没有人查清它转了多少圈儿
反正怎么转也填不饱肚皮
更多的是天灾
比天灾更多的是人祸

那些年
姥姥姥爷
两个舅舅五个姨
围着石磨忙着活着

如今石磨成了句号
默默地闲在角落
阴雨天里
总有两行泪从磨眼悄悄流过

2019年2月22日晨

姥爷的烟袋锅儿

姥爷的烟袋锅儿

每天总是早醒

姥爷也忘记了从啥时候起

烟袋锅儿成了清早的一盏灯

点亮它就点亮了一天的光景

一明一灭

把黑夜烧了一个又一个窟窿

把心中的晦暗一一点明

一闪一烁

伴着全家人的心一起跳动

缭绕的烟升腾着妻儿的梦

偶尔的一声长叹

比"吱扭扭"的独轮车还要沉重

是哪一个肚子"咕咕"作响

可是缺了米糊糊和煎饼

屋角几只蟋蟀

许是寂寞许是寒冷

"蛐蛐蛐蛐"叫得有些凄清

一只蚊子"嗡嗡嗡嗡"

烟火旺了烟气浓了

蚊子销了声遁了形

小儿子翻个身梦呓朦胧

一锅儿不够再来一锅儿

要的就是"蛤蟆头"劲儿冲

把满满的烟末压实

也充实了一个男人的心胸

烟袋锅儿更红了

一声掩口的轻咳

给孩子们掖掖被角儿

披衣下床

姥爷似乎披上了一身轻松

烟袋锅儿更亮了

装进了满天星星

映红了纸糊的窗口

点燃了远远近近的鸡鸣

2020年元月12日晨

沂蒙记忆

苍白的地瓜干儿
喂不饱饥饿的童年
却喂圆了人生的起点

枯黄的苦苦菜
苦透了一段岁月
才知道此后吃啥都甜

稀溜溜的糊糊粥
填满了瘪瘪的行囊
才明白船上的帆也要张满

吱呀呀的独轮车
辗不去崎岖和坎坷
才希望脚下的路宽敞平展

姥姥的小火盆儿
在被窝里烫伤了我的腿
伤口不疼反倒觉得很暖

姥爷孱弱的手臂
没有了干活的力气
却要拼力把我举过双肩

沂蒙记忆
究竟有几许沉淀
沂蒙记忆
究竟走出了多远

我细细地搜寻
只找到了一棵纤纤小草儿
将思念探向儿时的庭院
只找到了姥姥姥爷的坟墓
睁着一双圆圆的不倦的泪眼
只找到老屋烟囱上
弯下身子的绵绵炊烟

2018年1月22日

九曲还阳草

沂蒙山狭窄的石缝儿
让我想到壶口瀑布
黄河在夹缝儿中
闯出一条活路

沂蒙山夏日的酷热
让我想到涅槃的凤凰
一个我在烈焰里成灰
另一个我在淬炼中还阳

那看似枯死的叶子
碰巧接住忙着赶路的雨水
也许是几滴霜露
一曲　二曲 …… 九曲
起死回生　还阳一抹葱茏

不是变色龙
伪装　欺骗　苟活
是直面焦渴　直面枯萎
直面死生

历经九曲　熬成汁
给垂死的人喝下

或许还阳
还阳出一个奇迹

好奇的人薅下一丛
哦　枯叶下
抱紧泥土
不死的根

2020年6月27日

母 亲 节

（一）
母亲节了
大街上到处盛开着鲜花
盛开着舒展的皱纹
香气袭人
香气袭魂

可我想
向这温情的五月
借一束雪花
润一润
母亲坟头干渴的土
我干渴的心

（二）
母亲是明智的
她的阴柔
扛不动所有的阳刚
所以
她给了我
能扛起一片天的肩膀

（三）

母亲是不孝的
生下我之后
她就走了
去了她
最不想去的地方

她的母亲
没有享受过一缕
属于女儿的阳光

我愿挑选
世上最美的花儿
让她献给她的母亲
连同花儿所有的芳香

（四）

我要感谢
这一束雪花儿
它年年都飘落
妈妈枯眼似的孤坟
陪伴
从冬到夏

然后

化作一滴雨水

滋润

久旱的妈妈

山丁子果之恋

2020年3月12日

妈 妈

在我刚懂事的时候
爸爸对我说
这是你的妈妈
他指的是一个矮矮的土丘
荒草
像一堆多年未理的乱发
鼠洞
像一双枯眼无泪可流
22岁的年华
还是一朵花儿啊
怎么就躺成了一段一动不动的哀愁
22岁的妈妈
还是一个孩子啊
怎么就走到了生命的尽头
我找不出一个理由
对刚刚一岁的儿子
妈妈会决然撒手
我找不出一个理由
儿子稚嫩的小手
能抓牢妈妈冰冷的衣袖
儿不计你美丑
不要你富有
儿只望你活着

可你听不见了这苦苦的哀求

我知道

你是多么不愿意

多么不愿意

就这样悄悄远走

儿子的笑

是你的心声

生命中怎能缺少这甜蜜的节奏

儿子的哭

是你的歌声

这歌声灿烂了你暗淡的双眸

妈妈你不愿走

妈妈你不能走

妈妈你不该走

妈妈

每当我跪在你的面前

你都用圆圆的沉默

接纳了我发自心底的问候

妈妈

每当我给你送去纸钱

你都用温暖的目光

疏通了我人生的每一道关口

妈妈你冷了吧

我要用遍地的白雪

为你铺一层厚厚的棉袄

妈妈你爱美吧

我要用满山的野花
为你织一条薄薄的彩绣
妈妈你寂寞吧
我要汇集百鸟的歌唱
为你亮出婉转的歌喉
妈妈你苦闷吧
我要遍采芬芳的五谷
为你捧出醇香的美酒
妈妈请答应我的一个恳求
我不愿意你住在这矮矮的土丘
我要让你常驻我的心里
伴着我的脉搏直到永久

2018年12月1日夜

跟妈妈说的话

妈妈
你在那边还好吗

将近六十年很厚很厚的岁月
敲打出的声音有些生锈
多么锐利的思念
都无法把它穿透

我软在你的怀里
叼着你的乳头儿
你温热的目光
一遍遍抚摸我的皮肉

尿褯子飘着暖暖的色彩
轻轻地荡着温柔
我咿呀呀学着说话
你还听不懂是什么诉求

你就走了
你就一个人走了

你走得太急了
锅里煮着没熬好的小米粥

23

炕头儿上
放着缝了一半儿的玩具狗
你走得太远了
望穿双眼也看不到你的回眸
找遍世上每一个角落
去你那儿的车票都无处发售

你二十二岁的年华
压着沉重的黑土
那薄薄的棺木
该怎样承受

漫长的日子里
只有寒鸦在啼叫
狐狸和老鼠在游走
你一个人如何度过
黑夜的粘稠

寒流起大雪骤
北风一声高过一声狂吼
有谁来焐一焐
你冰冷的心冰冷的手

我知道你放不下我
你唯一的儿子

坟前的小溪从未干涸
是不是你的眼泪一直在流

你舍不得你熟悉的一切
我的姥姥姥爷
你侍弄的小菜园儿
门前小雪人和它黑黑的眼球儿

你还是走了
你还是一个人走了

我想用你的泪拌着我的泪
煮一壶陈年老酒
我敬你一杯你喂我一口
倒在你的身旁醉卧千秋

我记不得你走时的样子
我能想到你老了的样子
满脸皱纹腰背佝偻
我搀扶你你依偎着我母子相守

妈妈
你在那边还好吗

我看见你坟上的草

总是死而复活
一会儿点点头
一会儿又摇摇头

2019年3月22日

老爸和老狗

老爸老了
他的那条狗也老了

爸爸为了我们兄妹
鳏居30多年
缝缝补补
粗针大线缝合了温暖
洗洗涮涮
大手大脚洗净了平淡
犁地播种
年年都种植绿油油的心愿
爬沟过坎
把坎坎坷坷铺得平平展展
酸甜苦辣摁进烟袋锅儿
一口一口慢慢吞咽
零散的日子扎成麦捆
有时也晒一晒收获的香甜
等我们翅膀硬了
飞出了他的视线
当爹又当妈的岁月
驼了他的背
花了他的眼
霜了他的发

皱了他的脸
那条狗从小在他身边
影子一样出入早晚
一声咳嗽　一声轻吠
都知道是饥是饱
他望着它　它望着他
眼神儿就是最好的语言
曾多次央求爸爸来城里养老
他说住不惯鸽子笼
吃不惯洒了肥喷了药的饭
我们都知道
他是舍不得长眠的母亲
离不开他耕过的地
侍弄过的庭院
还有那条狗
那条狗无声的陪伴

如今爸爸老了
他的那条狗也老了
他想贴紧妈妈
攒成一座小山
跟我的爷爷他的爷爷一样
做一朵浪花在家乡绵延
而那条狗每天跟着爸爸
走过废弃的卫生所荒芜的校园
穿过日渐稀薄的人烟

趴在它焐热乎了的窗下
觑着越来越空洞的眼睛
不知道它在望着明天
还是望着从前

2019年2月16日晨

爸爸的暴脾气

爸爸的脾气火爆
就像兜里揣着火柴
随便随便掏出烟
随时随地燃起

他交了一大把朋友
生养了十来个子女
都是脾气太热
人们保持不被烧烤的距离

兄弟姊妹时常记起
那些无由的骂无端的打
虽然当作笑谈
心里还是飘着一片阴翳

交朋友可以掏心窝子
却容不下半句逆耳的话语
怕不小心点着导火索
避他像躲避暴风雨

爸爸的暴脾气
像他一辈子离不开的烟

伤了别人

也害了自己

2019年2月2日

山丁子果之恋

爸 爸

爸爸小的时候很苦
爷爷的棉裤
白天装着两条腿
晚上睡着爸爸和二叔
被蹬碎的好几条裤腿儿
捂不严饥饿的梦语

长大了的爸爸豪爽
挣的票子像秋天的叶子
也像秋天的叶子随风而去
剩下空空的两只手光秃秃的一棵树

不管自己的腰又累弯了几度
他都咬着牙让儿子读书
那年头儿他花70多块钱
给儿子买了一件漂亮的皮衣
看着孩子得意的样子
泪　从他多皱的眼角溢出

他笃信多子多福
生育了十来个子女
不得不像一头瘦弱的牛
瞪圆双眼绷紧四蹄

蹭圆鼻孔气喘吁吁
还是没有拱到地头儿
就化作了脚下的一抔泥土
他的脾气暴躁
就像抽了一辈子的旱烟
随时随地都能吐出呛人的烟雾
每年给他上坟烧纸
望着一窜一窜的火光
兄弟姊妹头上身上的伤疤
都在偷偷地抽搐

2019年3月15日

乡 愁 (一)

乡愁　是那串挂在屋檐下
鲜红鲜红的记忆
尽管多了深深浅浅的褶皱
辣味　一点都不丢

乡愁　是那块卧在柴门旁
凹凸不平的石头
不管你是否记起
它都一直默默守候

乡愁　是那缕飘在黄昏里
曲曲弯弯的炊烟
小米饭粗糙的香味
一刻都不曾离你远走

乡愁　是那壶放在炕桌上
随时能端起来的烧酒
有时很呛口
有时很绵柔

乡愁　是那头走在田垄上
慢慢腾腾的耕牛
用鞭子抽它

都走不到思念的尽头

乡愁　是那块装进婚车里
渗着血丝的离娘肉
肉带走了
血　在家里粘稠

乡愁　是我已经走了很远
你还在频频招手
乡愁是即使我走得再远
也走不出你模糊的双眸

乡愁 (二)

乡愁　是一碗
稠稠的小米粥
喝上几口
就能把胃暖透

乡愁　是几句
絮絮叨叨的叮咛
不管有多少风雨
都像阳光伴在左右

乡愁　是那场
铺天盖地的冬雪
感觉很冷
却把嫩芽紧紧贴在胸口

乡愁　是那棵
站在村口的老杨树
痴痴的守望
化作落叶越积越厚

乡愁　是那只
拴在篱笆上的老狗
牙掉光了

都舍不得嘴里的那块骨头

乡愁　是那片
从不降温的热炕头儿
那股热乎劲儿
能抵挡人世间最强的寒流

乡愁　是那支
磨秃了的钢笔
已经放下了许久
字迹依然清晰娟秀

乡愁　是那个
嬉戏在水面上的皮球
怎么想按下
都找不出沉下去的理由

乡愁　是频频挥手
挥酸了沉重的衣袖
乡愁　是即使望穿双眼
也望不穿来路的尽头

乡 愁 (三)

乡愁　是一枚圆乎乎的啪叽
几双脏兮兮的小手
就能把饥饿搧跑
把太阳搧丢

乡愁　是一句软乎乎的呼唤
"吃饭了"
只要端起碗
就会千万次地咀嚼温柔

乡愁　是一帘黏乎乎的豆包儿
端上桌就是个满满的秋
黄澄澄的香味儿
丝丝缕缕在记忆中坚守

乡愁　是一顶暖乎乎的狗皮帽儿
样子很丑很丑
却在暖暖的童心里
长出好多美丽的渴求

乡愁　是一把憨乎乎的扫帚
扫去了几多风雨
扫走了残雪污垢

自己的身子骨儿却越来越瘦

乡愁　是一只傻乎乎的充气桶
吸进去的是空气
呼出来的是劲头儿
就是想捧起飞向天空的气球

乡愁　是一双热乎乎的手
扶正蹒跚　搀起稚嫩
推着希望
一路向前一直向前走

乡愁　是远离你的时候
原以为乡愁不愁
乡愁　是回望你的时候
泪眼中乡愁更愁

故乡的小路

是一段
扭扭曲曲的根
扎在心里
就能长山阳光

是一缕
飘渺的炊烟
时常飘来
化作一段情肠

是一支
燃点很低的火柴
轻轻一划
就能把心情点亮

是一只
冬眠的虫子
不去触碰
就安卧在记忆的岸旁

是一条
弯弯绕绕的电话线
太多的时候

盼着它响又怕它响

是一截
潮湿的炮仗焾子
一旦点燃
就会撕心裂肺地绽放

故乡的云

被妈妈洗白了的床单
飘起来就成了故乡的云
小时候睡在上面
所有的梦都五彩缤纷

撕一片缝个行囊
装进去躁动的心
看起来很轻
背起来却很沉

外面的阳光真好　怎么晒
也总是潮乎乎的粘人
偶尔的干爽
熥不干濡湿的枕巾

烙饼似的失眠
伴着皱皱巴巴的夜深
熟悉的肥皂味儿
是最好的安神

自己也时常在洗
揉搓不净年久的风尘

还是妈妈洗得白　洗破了

就补上一弯有圆有缺的月轮

2020年3月4日

山丁子果之恋

回 故 乡

不知不觉中
车又挂了最高档
倏忽而去的车辆
看起来都有些慌里慌张

两旁长高了的树
叶拍着叶像是在鼓掌
那隆重热烈的劲头儿
有点儿像迎接首长

扑入眼帘的花儿
似是比以往开得更靓
那晶莹的一滴
是露珠还是泪珠在闪光

路边的小草儿
有的翠绿有的枯黄
一会儿点头一会儿摇头
搞不懂是欣喜还是忧伤

知道还有一段距离
还伸长脖子擦擦玻璃张望
知道越来越近了

心里却一阵子比一阵子发烫

那悠长悠长的小河儿
可还泛着悠长悠长的浪
悠长悠长的炊烟
可还飘着悠长悠长的香

那热乎乎的小土炕儿
可还托着热乎乎的梦
热乎乎的大馇粥儿
可还暖着热乎乎的肠儿

故乡
是不是变得好看了
故乡
是不是还有儿时的模样

故乡
真想你变得好看了
故乡
真想你别没了儿时的模样

2020年2月3日

张 望

临近过年的时候
在城市的阳台
乡村的路旁
有一道固定的风景——张望

多么高的山峰
多么宽的海洋
多少重严酷的风霜
都隔不断这一份痴痴的凝望

无论是面对雨雪
还是面对阳光
这样的张望从不迟疑
从未彷徨

翘一翘脚儿
能看到比远方更远的远方
遮一遮阳儿
别看错了烙在心里的模样

有时望来一纸欣慰
有时望到一脸紧张
有时望见一丝兴奋

有时望成一串泪行

望着望着
就涌出了无言的忧伤
望着望着
就凝固成了不倦的雕像

不管离开多久
都能感觉出目光的滚烫
不管走出多远
都能感受到张望的力量

2019年2月1日晨

乡村的童年

乡村的童年太散
没有课程表排得那么周全
石头瓦块儿小纸片儿
就能把每天装满

泥巴团儿瘫在稚嫩的手中
时光被越揉越软
一声盖过对手的脆响
就能摔响整个夏天

一堆儿啪叽搧热冬寒
手上冻出的口子
像上翘的嘴角儿
赢了便是神仙

藏猫猫儿藏进遐想
瞌睡虫代替了同伴儿
醒了才知道
冬天的柴火垛也挺温暖

打冰鞋较量着勇敢
屁股被摔成了两瓣儿
一瓣儿是疼痛

一瓣儿是欢颜

一个铁圈推醒了朝阳
推成了月光闪闪
腿都迈不动了
快乐仍在铁环上飞转

鼓鼓的书包装着厌烦
每节课都讲着古板
课间的铃声还没响
小纸条约好了调皮的夜晚

天天吃饺子最盼过年
新衣服上了身不想再换
二踢脚吵着嚷着不愿长大
兜里挺沉实坠着压岁钱

最愿听的是妈妈的呼唤
粗糙的小米饭
加上几个粗糙的梦想
便喂饱了同样粗糙的童年

2019年2月7日晚

拥挤的腊月

走进腊月
就走进了拥挤

小雪大寒腊八儿小年儿
排着队把日子越织越密
"大雪"耐不住急性子
来一场铺天盖地

高速路可以一日千里
堵车了只能一里不里
一排排静静停放的小汽车儿
窗玻璃上贴的都是焦急

相约返乡的摩托车队
急切鸣响了呜咽的汽笛
嘈杂的尾气和汗气
和远方的炊烟联通着呼吸

村口阳台相拥着张望和叹息
眼睛瞪圆了还嫌看不清晰
接通和没接通的电话
都怕听到那句"挤，回不去"

由疏到密的鞭炮和礼花
从早到晚都在争吵
小心眼儿的"钻天猴儿"
抽冷子争得绽放的空隙

春联挤红了门框
"福"字倒贴在心里
红红的秧歌队塞满大道
聪明的孙猴子找不到了宿敌

地摊儿满登登"好嚼货儿"
大街上摩擦着欢声笑语
拜年话灌满双耳
手机里拥堵着"连年有余"

年夜饭摆满十二个月的味道
圆桌子圆满了四面八方心意
小孙儿嚷嚷着要看热闹儿
开开门看家家彩灯挤成了花季
走进腊月
就走进了拥挤
拥挤的腊月
期待该来的拥挤

2020年元月10日

过 年（一）

过年　是一种张望
是站在山头
站在小巷
站在阳台
站在明知道等不来啥的
渡口或客车旁
哪怕是病在炕头儿
也要张望
期待把所有看到的
没看到的
看不到的
不能少了一样儿
都摆上饭桌
像刚刚煮好的饺子
白白胖胖

过年　是一次倾听
是站在坟头
站在坟头以外的坟头
听那听不到的远方
传来能听懂
又听不懂的声响
听婴儿　似笑是哭

似哭是笑的呓语
真的听不清
那声音的走向
嘱托有些苍老
哭声有些稚嫩
期待所有的声音
都像春晚的节目
欢欢畅畅

过年　是一场盛宴
把天上飞的
水里游的
林子里躲的
洞里藏的
甚至雪山顶的
北冰洋的
都做成辣的酒
酸的汤
咸的蛋
苦的肠　甜的糕
香的酱
在五味杂陈里
在五色时光里
喜气洋洋

过年　是一路归乡

摩托的车阵

刺破暮色和冰霜

声嘶力竭的急怯

碾碎了纠结和彷徨

抛下了艰辛和忧伤

向前　　向前

归乡　　归乡

那个叫家的地方

有一双眼睛

有一缕目光

有一只小手

有一条炊烟

引得归乡的心情

浩浩荡荡

过年　是一阵炸响

把心底的喜悦点燃

放飞到天上

喜悦便像花儿在天空绽放

把心底的祝福点燃

送达到远方

祝福便像喜雨飘落在心房

把心底的忧愁点燃

化作粉末

忧愁也会成为五彩心语

把心底的期盼点燃

分发给善良

期盼便像乐曲在大地飞扬

所有的炸响

都表达一个声音

敞敞亮亮

年　是一年中

很普通的一天

只是我们找个理由

把它过成了不普通的模样

年是一年中很特别的一天

人们在一个又一个年里

熙熙攘攘

2017年1月7日

过 年（二）

红灯笼和彩灯笼开始对话

看哪一只模样更俏

二踢脚跟二踢脚激烈争吵

看哪一个蹦得更高

花衣服和花衣服选美

看哪一个才叫妖娆

老爷们跟老爷们拼酒量

看哪一位他是熊包

新春联唠的还是老嗑儿

天增喜人添寿猪也长膘

"百财"馅"勤"菜馅包饺子

包进去的全是雨顺风调

父母的皱纹又弯了长了

那是儿女轧出的回家的道儿

中年人手上老茧大了厚了

他们的心气儿有点发飘

孩子们长大了长胖了

学习成绩也在长高

七大姑八大姨最爱挑理

给一碗粘豆包把嘴粘牢

送些烟送些酒烧些纸钱儿

故去的人在那边也要逍遥

炸麻花儿炸大果子

炸一锅眉开眼笑
生态青菜加上大丰收
摆一桌子团圆热闹
老爷子开杯端起祝福
穷也过富也过平安重要
去年好今年好明年更好

2019年元月26日

山丁子果之恋

过 年 （三）

是打乱生活规律

颠倒黑夜白昼

大人忙着拜年忙着送礼

张罗一桌子鸡鸭鱼肉

小孩儿忙着穿新衣

忙着提各种有理的无理的要求

特别是压岁钱不能少

大票儿小票儿都揣进兜儿

春联彩旗花灯花车

把一个家一个屯儿一座城

都亮他个透红他个透

唢呐声鞭炮声喇叭声

把一个夜晚一座天空一群人的心

都炒成了菜熬成了粥

说起来有点想想起来有点怕

过起来有点够

吃得挺饱还要吃

玩儿得挺累还要玩儿

喝得够呛还要喝

央视卫视自媒体春晚压个轴

热热闹闹累并快乐的一种劲头儿

是同学同乡同事

老少爷们儿亲戚朋友

外加叔伯兄弟表姊表妹儿

唠点儿闲嗑嗑点儿瓜子儿

弄俩儿小菜儿喝点儿小酒儿

想一想藏猫猫儿藏进梦里

忘记了白天黑夜冬夏春秋

说一说你挺欠儿他挺猴儿

比赛气老师把老师都气白了头

唠一唠现在可是要啥有啥

要说风气好还是咱们那个时候

比一比你海滨我南方谁更潇洒

谁开的车更好谁进去了谁要高就

讲一讲多种点儿地多赚俩钱儿

你生意小我提职慢都有些烦忧

唠着唠着就跑了题儿走了调儿

喝着喝着就忘了桌上有谁自己是谁

叙旧的话鼓励的话祝福的话

车轱辘话儿拉锯话说起来没够儿

聚一聚扯一扯乐一乐的一种由头儿

是把眼珠子瞪圆

站在阳台站在村口

怕看不清楚瞅了还要再瞅

看见了就乐开花看不见就泪流

把心情像桌子似的摆圆

山珍海味土特产样样都有

还怕儿媳姑爷儿吃得不香不臭

再在饺子里包俩钢镚儿作作秀儿

把飞机摩托车动车轱辘儿转圆

还是嫌慢再把电话打热

忙里偷闲翻翻手机里的老照片儿

读一读余光中老先生的乡愁

把万事如意连年有余都唠糊了

把福星高照春到喜到都贴满了

孩子学习好大人快进步老人都长寿

日子是芝麻开花儿节节高

今年差不厘儿明年不能孬的一种盼头儿

是过不完破五儿都急着要走

孩子要上学老婆要上班自己要开会

走着走着就走成了返程高峰

走着走着就汇成了返城洪流

行囊里装满父亲母亲爷爷奶奶的唠叨

后备厢塞进去千叮咛万嘱咐

书包里鼓囊着七大姑八大姨的运筹

挥挥手攒足劲儿加满油

高速路上不允许随意停留

不管是骑自行车还是坐小汽车儿

肚子里一堆事儿在排着队争先恐后

孩子得考个好一点儿的学校

银行卡里数字提速得加快节奏

家里得换一个面积大点儿的楼

知道路上有风有雨有坎儿有沟儿

也要一起扛一起闯一起趟

自己好家人好国家会更好的一种奔头儿

2020年元月24日晨

思　念

思念　是一笔
压在心头的欠债
还也还不清
躲又躲不开

思念　是一段
长在心灵的血脉
割也割不得
切了掉脑袋

思念　是一片
深不可测的海
过也过不去
跳进去出不来

思念　是一支
缥缈在天空的雁阵
打也打不散
打散了还成排

思念　是一个
常常失眠的拂晓
说亮了天还黑

说没亮天已白

思念　是一只
说不清楚的榴莲
闻一闻味道难耐
品一品香的可爱

其实
思念就是思念
说明白还糊涂
说糊涂还明白

2018年12月17日

回望校园

回望校园
回望你我的从前
四十年的距离
已然非常遥远

一个破铁炉两排大通铺
无法把躁动的青春温暖
懵懂的男孩儿和女孩儿
懵懂的月牙泡的夜晚

一碗土豆白菜汤
就能把一个美梦馋醒
一个破足球
可以把两个好同学的脸面吵翻

关不严的宿舍门
总是夹杂着太多的慵懒
吹口哨儿的东北风
吹也吹不醒贪睡的梦鼾

女生说男生有些封建
男生说女生过于腼腆
就连说上一句话儿

都胜于李白的蜀道难

二十多个老师
讲着二十多种参差不齐的语言
每一张脸上
都写着敬业和庄严

都说母校有乳汁
还没来得及品味它的香甜
学一会儿玩一会儿
蹉跎了七百多个黑夜和白天

都说少年当立志
年少并未让我们觉得时光荏苒
打打闹闹喝酒聊天
把踌躇满志走成了普通平凡

四十年的距离
真的有些遥远
似乎是走出了你的视野
却始终没能走出你的视线

2018年12月11日

三十八年后的校园

走近你　才发现
三十八年很长
三十八年很短
三十八年很苦
三十八年很甜

走近你　才发现
我走了很远
你也走了很远
你换了张脸
我也换了张脸

走近你　才发现
你在变
我也在变
你比年轻年轻
我已鹤发童颜

走近你　才发现
你睁大着眼
我也睁大着眼
你望着我的背影
我望着你的从前

走近你　才发现

我思绪满满

你也思绪满满

我想着喷香的大馇粥

你想着发白的旧黑板

走近你　才发现

你想呐喊

我也想呐喊

你想告诉我取与舍

我想告诉你直和弯

走近你　才发现

你很缠绵

我也很缠绵

你怀抱着我的毕业照

我扯动着你的风筝线

走近你　才发现

你站得很直

我也站得很直

你的目光放得很长很长

我把这目光走出了波澜

走近你　才发现

你扬起了帆

我也扬起了帆
你春风鼓荡
我秋意盎然

第二辑

瑷珲风铃

瑷珲风铃

时急时缓的风
从并不遥远的远方吹来
少了些许狰狞
淡了几丝血腥
抽在身上　扎在心里
依然很疼　很疼

忽大忽小的雨
不管在阴云下
还是在阳光里
都任性地下个不停
阴云下　无声
阳光里　还是无声

岁岁年年的雪
在天地之间搅动
有时混沌迷蒙
有时洁白纯净
都在次第开放
见证着真正的寒冷

不大不小的阁
同脚下的小草一样普通

像一只浴火的凤凰
站起仆倒
仆倒站起
总是在烽火中重生

或高或矮的松
浑然成一片新绿
有的屈曲枯萎
有的挺拔葱茏
可是锈迹斑斑的刀丛
可是郁郁葱葱的剑锋

瑷珲风铃
一只响起来
或许是叹息
或许是抽泣
或许是哀恸
十只响起来
就是爱的潮汐
就是心的共鸣
百只响起来
千只响起来
那就是江河咆哮
那就是万马奔腾

瑷珲风铃不会不响

风雨会牢记自己的使命
瑷珲风铃不会沉寂
岁月会牢记深沉的叮咛
瑷珲风铃不会老去
因为它将永远年轻

1858个风铃远了
远得不见了踪影儿
1858个风铃近了
伴着孩子们琅琅的读书声

瑷珲条约

提起你的名字
提起的是一串血泪

一条内河被撕裂了
撕裂的还有骨头和骨髓

一纸失衡的条约
满满的都是强盗的词汇

蘸着血的手印按下屈辱
抬不起头的是弱者的卑微

地被割宝被抢女人被糟蹋
还要让尊严下跪

枪炮的傲慢压迫着腰身
挺不直弯曲的脊背

魁星阁旁的耻辱松
从栽下那天就头颅低垂

百年不化的永冻层
化不开百年的羞愧

岸还是昨天的岸
水已不是昨天的水

年年的冰排去追赶历史
炸响的惊雷百折不回

老人带着孩子放飞风筝
一颗勃勃雄心也被放飞

提起你的名字
树起血泪写成的神威

2019年元月25日

瑷珲魁星阁

为什么供奉一位司文运的神
庚子年的大火烧了三天三夜
把一座古城烧成了焦土
它却能够独保其身

烧死了那么多的人
摧残了刚刚绽开的花芯
精奇里江的泪冲绝了堤岸
悲恸的呼号遏住了天上的流云

烧毁的还有青砖的城墙
墙上刻着的大篆金文甲骨文
连同满人梳得光溜溜的辫子
辫子一样光溜溜的自尊

如果供奉的是关老爷呢
他那傲视万物的眼神
青龙偃月刀的寒光
可否吓退野蛮的灵魂
不必问魁星还是关公
穿越重重烟云可以扣问

紫禁城那扇虚掩着的城门

和城门里虚掩着的心

2020年元月18日晨

瑷珲　你是一枝梅

在狼烟似的驿道边
依傍着驿道似的一江水
一年又一年的风雪中
瑷珲　你是一枝梅

深深的冻土催生你的芽胚
叶舒展在僻远的塞北
花开在相似不相同的岁月
绽放着属于梅的芳菲

更多的时候
你只是花的姊妹
走过八个月的有霜期
期待酷寒之后披上春晖

狂野的火借助狂野的风
要把绿色连同记忆一齐摧毁
百花烧成了一场残梦
千年的老松日渐枯萎
你无法幸免火的淫威
生长的希望成了碳成了灰
你渴求一场救命的春雨啊
无助的天只掉了几滴无助的泪

是树就要有树的样子
是梅就有梅的性格梅的雄蕊
把雪水和泪水化作丰厚的营养
把屈辱和浩劫当作生命的春雷

干站直了不屈
枝延伸着无畏
在闪烁阳光飘洒飞雪的树上
释放着无愧和无悔

山还是昨日的山
翠已不是昨天的翠
树已不是昨日的树
梅还是昨天的梅

在飞机跑道似的高速路边
依傍着高速路似的一江水
瑷珲　你是一枝梅
绽放着属于梅的娇媚

2020年元月17日晨

眺望黑龙江

眺望你
眺望界江黑龙江
我不敢望得太远
我怕草叶的剑
把怯怯的眼睛划伤
我怕看见留在那里的
荒芜了的祖坟上
荒芜了的梦想

我看见遥远的远方
牛羊似的云朵
云朵似的牛羊
啃食着暖暖的阳光
放牧着悠闲的目光
收获着岁月的流光

我看见不远的远方
软软的狼毫笔尖儿
跟一把锋利的刀一起
割裂了你的胸膛
从此你的皮肤
一半儿黄一半儿黑
你的头发

一半儿黑一半儿黄

我看见
你的曲曲折折
你的绵长漫长
有的江段撑开满满的一张弓
有的江段挺直一杆枪
拱卫着这卷沧桑
久久守望
有的江段沟沟汊汊着一截眷恋
有的江段千回百转着一根愁肠
护佑着这条血脉
苦苦依傍

我还是要眺望
草依然是同时绿
花依然是两岸香
改变的是河床
不变的是流淌
我还是要远望
流走的是柔软的水
和水一样柔软的时光
留下的是坚硬的岸
和岸一样坚硬的向往

2019年3月6日

界江黑龙江

黑龙江曾经是一条内河

是一张软塌塌的宣纸

让它变成了两个国家的界江

多少年里

它的波涛闪烁着迷茫

就连秃尾巴老李的神话

都好像有些怪诞乖张

夕阳西下的时候

波光里常伴有刀光血光和泪光

还有零星的吵吵嚷嚷

我强你弱

我弱你强

它有了两个名字

洋名叫阿穆尔河

中国名还叫黑龙江

两岸上的人都在洗澡

黄头发洗不黑

黑头发也无法洗黄

冬天曾想冻成一段记忆

把屈辱和抗争一起冷藏

冻不住的是大江东去

寒来暑往

每年的兴安杜鹃

都会啼血开放

知冷知热的大雁

都在书写不倦的诗行

如今界江上正在架一座桥

两岸同时伸出钢筋水泥的臂膀

手心里都写着通畅通畅

桥下的流水

流淌的界江

不能彷徨

也不容彷徨

人　在想方设法地改变历史

历史　总是告诉人未来的走向

2019年2月24日

山丁子果之恋

胭 脂 沟

胭脂沟

曾经的香味

堵塞了汹涌的河流

如今的石头上

沉淀了厚厚的一层锈

有香味

洗落的胭脂

妓女的酥手

淘金者的酣梦

就着婆婆丁入口的烧酒

最香的

是慈禧把玩的金球

更有汗臭脚臭

两万多的口臭

还有鱼腥血腥

缺碱的酸馒头

数百里的老金沟

像翻耙过无数次的田畴

涌动了多少自己的

和留给子孙的梦想

涌动了多少漂白了黑发的乡愁

每一枚汗珠

每一颗泪珠

每一滴血珠

都是一粒粒种子

期冀长出耀眼的金光

长出爱的守候

长出腰杆挺拔的大树

长出一生一世的风流

毕竟是满目狼藉的战场

战火被欲望烧透

心与心的较量

常常有刀光游走

力与力的搏击

总是把美丽变得很丑

舞动金镐

同时也舞动无情和贪婪

旋转金簸

同时也旋转心机和智谋

累累白骨狰狞

即使臂骨断了

仍要挥舞愤怒的拳头

曾经的香艳

化作野草里的荒冢

还在眨着勾人的双眸

二百里胭脂沟

何止二百里爱恨情仇

李金镛来了

李金镛去了

留下一座祠堂

看花开花谢

云飞云走

留下一尊塑像

看荒沙中多了几许绿洲

胭脂沟

一本被翻烂了的旧书

教人品读

渐行渐远的春秋

2015年7月22日于漠河

古 驿 道

狼烟般在荒山间飘渺
愁肠般在莽原上缭绕
泪流般在历史中穿行
神经般在边境线迅跑

纵然没有道路
也忍耐不住道路之光的诱惑
尽管没有奢望
怎能容许奢望之火燃烧

于是　战马的蹄钉
踏碎了枯草的哀号
战鼓一样的节奏
敲击得白桦树心儿狂跳

于是　思夫之情
写进了寡妇的皱纹
别子之恨
缝进了征夫的战袍

于是　黄头发和黑眼睛
时常有喷射火星的争吵
淘金汉子的镢头

时常有鲜血灿烂如桃

尼布楚　海兰泡
古瑷珲那株百年的松树啊
带着一个民族的耻辱
走进了中国历史的书稿

路旁的达紫香
记住了曾经上演的故事
每年开出的小花
香中带苦　苦中含笑

一站　二站……十八站
像岁月老人滴落的标点
是与非　功与过
留给后人思考

古伦木沓

静静的时候

你是一棵白桦

兴安岭怀中寂寞的白桦

狂风当作悦耳的哨音

沉寂当作美妙的琵琶

冷雨当作香甜的乳汁

冰雪当作取暖的棉花

也曾遭遇硝烟

流血使你更加挺拔

也曾忍受凌辱

耻辱让你举起刀杈

于是　静静的你

用希望拥抱辽阔的天空

用渴望迎接多彩的云霞

于是　静静的你

舞姿引来群山的喝彩

歌声穿透了万丈高崖

在冷杉　红松的高贵面前

你站成了一种尊贵的活法

奔腾的时候

你是一匹烈马

库尔滨河畔倔强的烈马

踏冰雪　踏寒月
让苦难在脚下挣扎
走出峡谷　走向辽远
用血汗绣出美丽的图画
尽管依然弱小
却奔跑着对历史作答
尽管还不强大
却跨越着与未来对话
于是　奔腾的你
甩落记忆的尘沙
把新的战袍披挂
踏一路春风
向着明天进发
在明媚的春光里
延续你不老的神话
古伦木沓
你就是你
永远的古伦木沓

塞罕坝

黄沙的狼烟

狂舞古今

咄咄逼人

人仿佛是一株弱柳

低头折腰让出了自尊

罗布泊

荒芜了多少繁荣的梦想

埋葬了多少抗争的灵魂

古楼兰

残存着不屈的记忆

镌刻了无奈的沉沦

塞罕坝

面对黄沙的狰狞

选择了把脊梁挺起

把拳头握紧

三代人一颗心

一颗心三代人

筋骨融进粗壮的树干

汗珠散作了满天星辰

手牵手叠成了坝

铁和铁炼成了金

风沙唱出了涓涓溪流

森林举起了靓丽青春

联合国都竖起拇指

浓荫下欢笑着子子孙孙

人有了精神

小草儿有了奔头儿

树木挺直了腰身

黄沙变成粪土

来滋养这绿色的精神

2019年元月5日

无 字 碑

无字　不是无语
无字　也是无语

无字　不是不说
无字　也是不说

无字　不是自己不想说
无字　也是自己不想说

无字　是自己不想说
无字　是自己无法说

无字　是想让人想很多
无字　是想让人说很多

无字碑　是一本书
读也读不完

无字碑　是一个人
站在风雨中

第三辑

山丁子果之恋

黑土恋歌

亘古的洪荒覆盖过你
野性的江河嬉戏了你
沉睡的云朵陪伴着你
拙笨的犁铧耕耘了你
——你这古老的黑土地

连绵的烽烟笼罩过你
异族的铁蹄践踏过你
义士的鲜血肥沃了你
挺拔的丰碑证明了你
——你这不屈的黑土地

生长褐煤生长黄金
也生长花红柳绿
生长故事生长传说
也生长秃尾巴老李
——你这神奇的黑土地

奉献了山奉献了水
也奉献了整个肌体
奉献了草奉献了木
也奉献了爱的甜蜜
——你这无私的黑土地

攥一把流油
捧一捧淌蜜
挖一锹出金
刨一镐是玉
——你这丰饶的黑土地

一代代繁衍生息
一代代前赴后继
一代代东北风精神
一代代关东大汉骨气
——你这多情的黑土地

历史蹒跚着走进记忆
昨天的辉煌都将归于沉寂
今天我们泼洒热血
明天定将收获希望和壮丽
——你这令人依恋的黑土地

北方之爱

我出生在腊月寒冬
我啼哭的时候
雪　开成了花儿
漫舞在天空
同我携手一起走来

从此　西北风的刻刀
就开始了对我的雕琢
健硕的身体
粗犷的穿戴
豪爽的个性
不拿酷寒当回事的能耐
还有心地初雪一样的洁白
渐渐的
我成了你的一条
连着心肝的血脉
成了你痛苦和快乐的承载
也成了一朵雪花
在你的季节里常开不败

你成了我的神话
在你的传奇中
我的章节浓墨重彩

你成了我的唯一
让我享受你的阳光和慷慨
你成了我的主宰
让我为你创造荣光和豪迈
你注定是一个北方的家园
年均气温零度的襁褓
是一个独特的舞台
教我学会如何坚韧和忍耐
你是一位严肃的慈母
我在风霜中长大
才是你的期待

我注定不是一只候鸟
去追逐温暖的云彩
我是一棵普通的柞树
寒冷黝黑的土地
才是我生长的胚胎
即使面对风刀霜剑
我血染的红叶
高飏在你苍凉的胸怀

北方
我的北方
我的北方之爱

我是你永远的雪花儿啊

你为我存在　我为你盛开

山丁子果之恋

2018年12月21日

冰 排（一）

一朵朵洁白的云彩
从天外飘来
急匆匆　追寻着
对秋的眷恋　对春的期待

一片片白莲花海
托着一尊尊观音
流动成方阵
接受季节和时光的膜拜

一支支牧归的羊群
蒸腾起白纱一样的雾霭
夕阳西下的路上
走也悠哉　停也悠哉

一列列凯旋的队伍
每一张脸都笑逐颜开
最冷的雪　最硬的风
都挡不住英雄的情怀

一个个魁梧的健将
身披阳光的抚爱
迈开坚实的步履

投入马拉松式的竞赛

一枚枚白色的音符
跳出迟疑的阴霾
汇成一往无前的乐曲
歌声　回荡着豪迈

一节节披荆斩棘的列车
装满了强者的气概
谁敢阻拦向前的步伐
定将化作脚下的尘埃

总有一天
酷寒让躯体沉沉睡去
而梦
会在暖暖的春风里醒来

冰 排（二）

齐刷刷的雁叫

鼓胀了柳条儿上的音符

一簇簇火苗似的达子香

交头接耳嘀嘀咕咕

嘲笑着脚下的冻土

刚搭着春天的影儿

冬天就被腰斩被车裂被肢解

据说行凶的

是一种叫温暖的慢性子动物

风吹着得意的口哨清点残部

大部成了温顺的羊群

摩肩接踵踏上归途

一部飘到天上

擦净脸上的铅云

藏到了山的背阴处

还有一部想抓住岸

错抓了一条遭遗弃的棉裤

让越来越烫的鹅卵石

感动得泪流成河

哭得一塌糊涂

2019年5月10日

库尔滨雾凇

库尔滨河的热情

奇寒奇冷

一群树柞、桦、柳

还有松

演绎了这洁白的童话

奇幻的梦

其实都很普通

一条河

只是一首起自深山的歌

一群树

生长得悄然无声

只是这热情

是生命对潮汐的回应

只是这酷寒

时刻都考验生灵的韧性

一条河、一群树

把寒冷妆扮成了迷人的风景

这风景又妆扮了

它们的来世今生

2018年1月22日

绵延兴安

绵延兴安　兴安绵延
绵延成一种苦难
山峰连着山峰
时间送走时间
起起伏伏　峰回路转
蹒跚成一条漫长的曲线
没有阳光的日子
伴着狰狞的风啸
寒冷的襁褓里
总是彻夜难眠
见过太多太多的阴云
躲过太多太多的雷电
刻画一脸的皱纹
深深浅浅
滔滔河水作墨
红松巨笔如椽
苦难　无法写完

兴安绵延　绵延兴安
绵延成一种爱恋
爱恋雪花
一起漫天飞舞
编织朦胧的梦幻

铺上厚厚的棉絮

筑起温暖的摇篮

爱恋山花

把根扎进冻土

冰雪化作血液

催开达紫香花瓣儿

妆扮春天的笑脸

爱恋河川

库尔滨　沾多银

波光映着波光

引青山绿树梳妆

铺展流动的画卷

爱恋歌儿

苦歌伴着甜歌

山鹰一样盘旋

唱得云卷云舒

唱得赤叶如丹

绵延兴安　兴安绵延

绵延成一种期盼

牵一脉小溪

走过岩石

走过坎坷

去拥抱大海的斑斓

立一棵大树

让枝叶尽情舒展

张开无数手臂

触摸天空的蔚蓝

开一朵蒲公英花儿

花蕊在晨风中轻颤

花香如缎

一片金黄色的梦想

吸吮阳光的灿烂

踩一条崎岖的小路

向山外的山外攀援

血和汗书写心中的信念

路能够踩平

也能够踩宽

雪·花

雪是没有生命的
开成花儿便有了魂灵
花是需要色彩的
因了雪显得风情万种

雪是北方的孩子
母亲的名字叫寒冷
秋天的一滴泪
在北方的天空里轻盈
是母亲的调养
长成冰凌
长成雪
长成洁白无瑕的个性
那些贪暖的雪粒儿
悄悄飘到了南方
化作一片烟雨迷蒙
而北方的雪
在冷暖气流中揉搓
在顺逆风向里抗争
在阴云中淬炼
在黑暗中升腾
怀抱着寒风
拥吻着寒气

感恩着寒冷
用白玉一样的生命
绽放出花儿的笑容
越是酷寒越是怒放
越是奇冷花香越浓
曼妙的舞姿
让沉寂的天地变得生动
璀璨的花儿
让混沌的世界变得透明

北方的雪
都想开成一朵花儿
北方的雪花儿
都有一个梦
就是作为季节的图腾
别在北方辽阔的前胸

2018年12月23日

山丁子果之恋

在北方的北方
在不知名的山岗河畔
生长着不起眼儿的山丁子树
一棵　几棵　一片

纤细的枝干不强
素颜的小花不艳
土气的名字不雅
低矮的腰身不仙

当冬天来临的时候
花儿躲进了春天
叶儿藏进了画卷
根儿进入了冬眠

山丁子的果
豆儿大小的一点点红
抓紧枝条儿
像孩子抓紧母亲的衣衫

像心
一刻也不敢把跳动放缓
像火

111

随时都要把自己点燃

像拳
握紧了击打狂风暴雪
像眼
盯紧了贪吃的鸟儿来犯

北风用鞭子抽她
不离
霜雪用冷酷打她
不散

都市的色彩飘来诱惑
不馋
南方的季风捎来邀约
不看

和漫天的飞雪共舞
给孤寂的天空添一份动感
与暖色的阳光唱和
为单调的北方增一抹红颜

待到芽苞舒展新的叶片
她仍痴守着枝头

那一点微弱的红色

在一片新绿中若隐若现

2020年元月19日

雾淞美

可是瑶台胜境
满眼精灵在飞
可是蓬莱仙阁
遍地珠宝争擂
可是舟船盛事
引来千帆竟秀
可是选美赛场
脂粉芬芳如桂

是那美丽童话
闪烁银色光辉
是那琼枝玉叶
催开傲雪花蕾
是那洁白梦幻
月光流淌似水
是那璀璨银河
无数星光荟萃

阳光对你钟情
添上一丝妩媚
蓝天对你有意
送来一树白梅
晨雾为你披纱
妆扮一层神秘
大地为你祝福

奉献一片芳菲
九天宫阙难找
丹青神笔难绘
世上美景千万
你是人间最美

大　寒

大寒来了
年也近了

大红灯笼挑起飘摇的冬夜
把气势汹汹的寒冷点燃
给白雪敷上胭脂
给树梢一抹红颜
爆竹声从稀疏变得黏稠
像一声声号角越传越远
回家的车轮碾碎冰雪
思乡的路越走越暖
乡村的炊烟挺直了脊背
烹调出苦辣酸甜
孩子的新衣花红柳绿
年货摊儿上铺开笑语欢言
浓浓年味熔化了屋檐的冰溜
暴脾气的大寒只能汗颜

大寒来了
年也近了
冬已经很浅
春开始失眠

2019年元月21日

冰 灯

是幻境还是梦境

鲜活活舞动着一群生灵

是明月还是星星

明亮亮璀璨了一片夜空

读书的儿郎

闪烁着琅琅书声

舞蹈的少女

曼妙着和煦春风

大冷天儿里

嬉戏着裸身的牧童

飘雪的时节

芳草萋萋花香正浓

飞船冲进星群

琼楼直入云峰

孩子玩转了霞彩

老人乐成了霓虹

滑梯上滑出笑语串串

冰琵琶弹出细雨蒙蒙

南方的嘴颤抖出冷的新奇

老外的脸醉红了冬的笑容

如梦如幻的冰灯

117

点化了北方的寒冷
点明了北方的宁静
点亮了北方人的热情
点燃了一个五彩缤纷的梦

2019年元月15日

十 八 拐

拐　拐　拐

急拐　急拐　急拐

司机说　拐进了云彩

游客说　拐进了天外

树尖在脚下起舞

山丘在屈膝膜拜

群峰都列队迎候

白云撑起了华盖

从山脚到山腰

再到云海

总在追寻一种梦境

从起步到急行

再到迅跑

总在释放一种情怀

谁的第一双脚

踏碎了荆棘和胆怯

每一步都那么实在

还有多少双脚

执着前行

把山峦踩成了玉带

是一首九曲回肠的歌

血和汗的音符

抒发着对平坦的期待

是一首仄仄平平的诗

曲曲折折的韵脚

书写着直白的爱

是一缕时强时弱的风

用惊叹和惊奇

教人把曲与直看个明白

是一条斗折蛇行的河

闯关夺隘

奔向心中的大海

司机说

有坎坷才走的痛快

游客说

路崎岖才活得精彩

走过了

拐累了　拐晕了

心还在其间穿行

拐　拐　急拐

腊 八 粥

一个粗糙的盆
一双粗糙的手
漂洗一段粗糙的日子
漂洗一个叫腊八的时候
洗去所有的杂念
洗去恼人的烦忧
洗去不该有的奢求

红红的炉膛
红红的火
红红的红小豆
爸爸的奔头儿
妈妈的盼头儿
孩子的念头儿
春天的绿意
夏天的燥热
秋天的浓稠
都放在一起熬煮
煮一锅有声有色的腊八粥
想粘住儿女的下巴
粘住他们远行的脚步
把孩子的心牢牢粘在家门口

煮着煮着
就煮热了涩涩的双眼
煮着煮着
就煮成了浓浓的一碗乡愁

2019年元月12日

草原上的小河

成吉思汗的蒙文书法
总是那样连连绵绵
冻不住的英雄豪气
在沧桑的草原上铺展

大清公主的银链
总是那样鲜鲜亮亮
这千百年不锈的饰品
装点得草原如此斑斓

一段挽系岁月的愁肠
总是那样曲曲弯弯
爬行着几多哀婉
贴紧了苦苦的依恋

一根汩汩流淌的血管
总是那样丝丝连连
滋养了云朵般的羊群
也涌动了远方的群山

一首深沉的马头琴曲
总是那样悠悠远远
缭绕着牧人的梦想

123

和蒙古包上不倦的炊烟

一曲久唱不衰的恋歌
总是那样缠缠绵绵
时而低沉　时而悠扬
一直响彻遥远的天边

草原印象

绿了又黄
黄了又绿的时光
一遍遍刷新黄了又绿
绿了又黄的梦想

湛蓝湛蓝的天之湖
白云的浪花在飘荡
自由自在的鸟儿
在水底扇动自由自在的翅膀

远山绵延的岛屿
绵延着绿色的巨浪
红的黄的紫的粉的野花儿
绽放珊瑚般的光芒

羊群漫游在天上
舒卷出朵朵肥壮
牧羊犬轻吠
天狗在回应着"汪汪汪汪"

马头琴的惆怅
伴着炊烟的悠扬
萦绕着蒙古包

和蒙古包里飘出的浓浓酒香

每一条小河都走了很远的路
闪烁着晨光和星光
水弯弯曲曲地流着
留下一根根愁绪百结的情肠

雄鹰俯瞰着大地
展开羽翼把领地巡航
哪怕老鼠的一个小小举动
都会破坏它美好的想象

小伙儿策马追赶着心上人
姑娘洒一路歌声与马蹄相傍
那"嘚嘚嘚嘚"急切的鼓点
敲击得草原的心儿发慌

牧人的长调好长好长
拖带着阳光和风霜
想想城里的儿女和草原的未来
音符里总有那么一点点忧伤

老去的是牛粪火慢煮的日子
还有退了色不禁风雨的毡房

不老的是永远茂盛的草原

和草原上永远年轻的牛羊

2019年3月24日

山丁子果之恋

套 马 杆

草原
一如翻卷浪花的大海
轻轻拍打着岁月
向天边绵延 绵延

一匹灰马
总想变成一只苍鹭
冲上蓝蓝的天
飞出翅膀的梦幻

一匹银马
总想变成一朵白云
在有风没风的春天里
自由自在地漫卷

一匹黑马
总想变成一股飓风
张扬着任性
去挥洒阳光或者是黑暗

一匹红马
总想变成一团烈焰
烧啊烧

一直烧到天的那边

一只软软的套马杆
在牧人的手中
只轻轻地一抖
便终结了所有的莽撞和愚顽

驯服彪悍
有时需要一种柔软

蝴 蝶 泉

一部电影
一个传说
一首歌曲
激发了多少神往
多少缤纷的梦想
多少对树、蝶、泉
相依相伴的敬意

而今
一汪泉
满眼的狐疑
一棵树
飘零着期许

那翻飞着五彩的蝴蝶呢
那千年不散的蝶群呢

游人如蚁
一枚枚硬币
一声声叹息
沉入水底

养蜂女

大山 深山
大巴车倏然一闪
养蜂女梳头的背影
很甜很暖
这是一个家
喷香的炊烟飘出很远
男子正忙着割蜜
孩子甜梦正酣
晨光漫过绿树
野花开得正欢
她拾掇零散的阳光
装扮简陋的家园
蚊蝇是亲密的伙伴
咬一口
算作亲昵
叫几声
陪伴安眠
饿了
大葱大酱馒头
渴了
来几瓢汩汩流淌的山泉
城里人说
这样的生活太苦太苦

山丁子果之恋

131

村里人说
这样的生活孤单孤单
养蜂女说
最苦的地方
才有最厚的蜜源
因为生活中有苦
我才把蜜酿得更甜

2019年2月18日

红　原

红原　红原
草原　绿原
没来之前我以为
你和你的色彩一样孤独
除了绿色还是绿色
一直绿到天边
高得令人心颤
离天那么近
离地那么远
而今我来了
看到你山绵绵水绵绵
草绵绵绿也绵绵
白白的云朵是牦牛
远离了蓝蓝的天
转啊转
转得多么悠闲
转出了深深的眷恋
白白的牦牛像云朵
远离了绿绿的草原
汇聚到天上
为大地降下甘霖
为牧民降下祈愿
一群群黑色的牦牛

是一片片流动的黑土

播种着殷实和笑脸

一条条多情的河流

是一个个不愿离家的孩子

走出那么多愁肠百结的水湾儿

一位牧人

手牵蹒跚学步的儿子

说了许多许多的语言

指点着远处近处的河山

红原的色彩并不孤独

红瓦　绿草　白毡

蓝花　黑马　黄幡

展开一幅舞动的画卷

红原并不孤单

人是五彩的

红原会五彩斑斓

2014年8月于四川红原县

中　国　红

红红的国旗舒展羽翼
昂起头颅傲视苍穹
五千年宽广的时空里
激荡着强劲中国风

红红的中国结儿高挑传奇
九曲黄河在其中穿行
根根红线串起历史
缠缠绕绕浓浓中国情

红红的灯笼升起从容
脚踩着黑夜和寒冷
温暖火热的光影
点亮了满天中国星

红红的秧歌舞动喜庆
东西南北一片欢腾
男女老少鲜活着笑脸
天地间飞起强健中国龙

红红的脸膛笑对风雨
鼓了的腰包
挺直了的腰杆

贫弱中走来不屈的中国种

红红的土地生长惊奇
五岳寨张家界
兵马俑古长城
处处靓丽着中国景儿

喜洋洋的中国红
亮堂堂的中国梦

2019年2月2日晨

阿廷河的支流

阿廷河
是小兴安岭深处
一条很小很小的河
阿廷河的支流
没有名字
叫一支流二支流三支流
像是随意飘落的毛发
被遗忘在了大山的脑后

它真的太小了
地图上找不到这几根线头儿
它藏得太深了
几年都晒不到一回日头

尽管细小
它在不停地流啊流
尽管很慢
它在一步一步朝前走

它潺潺的润泽
孕育了一块又一块绿洲
它细细的流淌
滋养了一片又一片乡愁

它汇集一滴滴露珠
牵念着阿廷河的胖与瘦
它聚拢一个个音符
唱和着阿廷河的喜和忧

春花秋月
冬去夏留
它不会因为没有名字
就放弃自己的奔流

它听说过库尔滨河
听说过库尔滨河的富有
"三花五罗十八子"
一路豪情掠过千亩田畴

它听说过黑龙江
听说过黑龙江的追求
双手牵着欧亚大陆
投身大海大洋的合奏

它不知道
那条被叫作阿穆尔的大江
在扑入鄂霍次克海的时候
是否回过头来望一望
黑龙江的支流
库尔滨河的支流

阿廷河的支流
还有
支流的支流

山丁子果之恋

2020年4月1日

因为一条美丽的江

（为黑龙江沿岸县级政协第六次联议会而作）

因为一条美丽的江

我们相约今日　欢聚一堂

因为一条美丽的江

我们携手前行　共谱华章

因为一条美丽的江

我们珍存友谊　你来我往

因为一条美丽的江

我们共同瞩目　诗与远方

如果说黑龙江是璀璨的银河

11个星座闪烁夺目的光芒

如果说黑龙江是一轴长卷

11幅风景组成多彩的画廊

如果说黑龙江是一条彩虹

11条彩带架起金色的桥梁

如果说黑龙江是多情的藤蔓

11朵鲜花飘散奇异的芬芳

让我们走进神州北极

找北找冷的感觉真爽

让我们探访龙江之源

仰望难得一见的北极神光

让我们涉足塔哈尔河

在十八站古人类遗址把历史守望

让我们去原始森林徜徉

感受麦饭石送来的神奇能量

让我们去高山峡谷不见日光的激流

沿着黄金铺地的古驿道去历史深处寻芳

让我们眺望天下第一湾

领略自然之笔绘就的绝唱

让我们拜访英雄之城不屈之城

摸一摸血肉之躯筑起的古老城墙

让我们去刚合龙的中俄公路大桥

看欧亚大陆紧握双手合奏的旷世交响

让我们走进中国大果沙棘之乡

品尝沙棘果奉献的丰厚营养

让我们登上胜山要塞

展望汉麻之乡大踏步奔向小康

让我们捧起一块艳丽的红玛瑙

看广袤的黑土地升起灿烂的朝阳

让我们走进雾凇的童话世界

掬一捧摄影家镜头里流淌的月光

让我们和神秘的恐龙来一场约会

探一探龙兴之地富饶的宝藏

让我们游一游北方张家界茅兰沟

看昔日的佛山变成了俊俏的模样

让我们饱览龙江三峡旖旎的风光

领悟太平沟里生长太平的渴望

让我们走上托罗山顶

看石墨产业构建的殷实和富强
让我们远望两条大江交汇的磅礴气象
求解哪里才是真正的鱼米之乡
让我们数一数奥里米古城女真人的足迹
仰视古代北方文明的曙光
让我们解读拉哈苏苏倾诉的衷肠
撒一张赫哲人渔猎幸福的大网
让我们的目光随混同江奔向海洋
看同三高速和中俄铁路插上腾飞的翅膀
让我们走进黑瞎子岛
去迎接祖国的第一缕阳光
让我们逛一逛神州东极
目送一艘艘满载希望的巨轮破浪远航

因为一条美丽的江
我们经历了共同的沧桑
因为一条美丽的江
我们拥有了共同的梦想
因为一条美丽的江
我们描绘绚丽的画卷
因为一条美丽的江
我们创造明天的辉煌
这条江能够佐证
什么是时光的流淌
这条江能够诠释
什么是牵手的力量

这条江能够见证
什么是天长地久
这条江能够预言
什么是地老天荒

2019年8月13日

第四辑

品　茶

站 台 (一)

该去的注定要去
该来的注定要来

不想去的仍然要去
不想来的仍然要来

不该去的生生要去
不该来的生生要来

想去的未必能去
想来的未必能来

不愿去的最终得去
不愿来的最终得来

不得不去的还是要去
不得不来的还是要来

热闹的是火车
寂寞的是站台

站 台（二）

你来我往
热闹了站台的火车
他走你来
繁忙了火车的站台

不该来的
自有不来的根脉
该来的
无需去苦苦等待
值得等的
要用一辈子去期待
不必等的
等来了也许是无奈
相拥
未必是真爱
真爱
无需过多的表白
相爱的
把心交给心依赖
不爱的
又何必死去活来

迎来的

用真情搭好舞台
送走的
要常常挂在心怀

哭吧
不要哭得那样厉害
笑吧
笑就笑个舒爽畅快

脚印
要留在自己的身后
眼光
要放在遥远的未来
开走的永远是火车
留下的永远是站台
离开的是永远的火车
守望的是永远的站台
时光总是在
来来往往中走成历史
历史总是在
往往来来中频频出彩

2018年12月1日

地 铁 （一）

有多少个站点
就有多少个期盼
有多少个站台
就有多少望眼欲穿

灯光挤走漆黑
抚摸每个乘客的脸
摸出了欣喜、甜蜜
也摸出了迟疑、惊叹

脚步总是显得杂乱
年轻人的是鼓点
中年人的是攀岩
老年人有那么点悠闲

地铁是一根线
把光明串成项链
黑暗只作小小的点缀
挂在胸前

地　铁（二）

选择黑暗

是因为黑

能使眼睛睁得更圆

选择黑暗

是因为黑才知道

哪儿冷　哪儿暖

选择黑暗

是因为黑才懂得

黑有多长　光有多短

选择黑暗

是因为黑才晓得

别有多苦　聚有多甜

选择黑暗

是因为黑太黑了

就是要把黑暗洞穿

读　山（一）

山有多面
一下子怎么能读完
山有远近
要细细地翻了又翻

读山　读出了遥远
时光的烟云
化作手中的刻刀
雕琢了自己的曲线

读山　读出了波澜
壮阔的林海
挑战着巨船
告诉你没有平坦

读山　读出了不语
天空用雷电拷问
大地用地震发难
沉默　是最好的语言

读山　读出了挂牵
野花　小草吸吮着乳汁
山雀　小虫享受着温暖

152

树叶涌动生命的源泉

读山　读出了忧怨
刀枪的无情
斧锯的贪婪
都在蚕食自然的尊严

读山　读出了梦幻
溪流　绿叶　大树
汇聚成绿色的潮
奔向永远

读 山 （二）

读她
她总是默默无言
读她
她总是风雨相伴
读她
她总是凝神相对
读她
她总是起伏连绵

其实　走近她
扑进她的怀抱
就能读懂风中的细语
就能体会雪中的期盼

春天　那盛开的野花
可是她欣慰的笑脸
夏天　那挺拔的大树
可是她肢体的舒展
秋天　那甜美的野果
可是她心血的凝聚
冬天　那厚厚的冰雪
可是她积攒的温暖
也曾暗自垂泪

那是在秋露凝重的早晨
也曾低声慨叹
那是在阴云密布的夜晚
更多的时候
是阳光满地
更多的时候
是星光满天

鸟儿啁啾
拨动了她的心弦
小溪潺潺
流出了她的思念
片片绿叶
生长着她的希望
丛丛小草
蓬勃着她的心愿
读山　读出了
一个关于生命的故事
读山　读出了
她对一枝一叶的挂牵

时　间（一）

时间　是磨刀石
能把痛苦磨得更加锋利
也能磨钝欢乐的快感

时间　是试金石
能试出
感情是深还是浅
友谊是窄还是宽

时间　是泰山石
能压得人苟延残喘
也能托举人够得着天

时间　是河中石
能给鱼儿以庇护
也能让船儿偏向险滩

时间不会等人
不管你走得快还是慢
前行还是止步
都在你前方不近也不远

时间不会偏袒

不管你勤奋还是慵懒

富贵还是贫贱

都给你同样的睡眠同样的温暖

时间就是时间

当你面对黑暗的时候

给你的是阳光

当你面对阳光的时候

给你的可能是黑暗

时　间（二）

时间
能把痛苦磨砺得更加锋利
也能把痛苦磨砺得没有意义

时间
能把欢喜装扮得欢天喜地
也能把欢喜封锁得杳无声息

时间
能把仇敌变为朋友
也能把朋友变为仇敌

时间
能为人搭一条登天的云梯
也能把人打入十八层地狱

有 些 人

有些人走得很远
再也回不到自己的从前

有些人走得很近
总是担心前方有什么凶险

有些人走得很飘
想插上翅膀飞上云天

有些人走得很苦
少有人看得见他的笑脸

有些人走得很累
惦念着左边鲜花右边飞燕

有些人走得很高
脚下没有了泥土的粘连

有些人走得很傻
不屑于别人的指指点点

有些人走得很快
脚步像是奋进的鼓点

有些人走得很实
要把路踏得更平更宽

有些人走得很急
知道除了远方还有更远

路

分开的两条路
遥遥相望很有味道
看得见的时空里
站立着许多感叹号

相同方向的路
不必要两条
1+1等于或大于2
宽一点就好

不同方向的路
交叉　重叠
都是徒劳
最终只会分道扬镳

2019年元月24日

对 岸

用距离相对
有近　也有远

用流水相连
有深　也有浅

用色彩相牵
有浓　也有淡

用风儿相通
有急　也有缓

用心灵相伴
有冷　也有暖

用真情相望
一瞬　或永远

伞

一块会走的天空
一张绽放的笑脸
撑开
尽显一身肝胆

风狂
要把脊梁吹断
雨骤
想把信念洞穿

酷暑
会把骨架融化
烈日
能把真诚烤干

雨天
挡住劈头盖脸的风寒
聚拢一方温暖
送来一路舒坦

暴晒
阻隔火一样的炙烤
吹一丝凉爽

留满心欢颜

收拢的时候
会化作一枚问号
问晴朗的天空
怎么会如此平平淡淡

起 飞

梦里咂一咂嘴
想尝尝八千米以上的滋味

安了检登了机
飞翔的迫切里不光有陶醉

告了别离了地
感觉有些掏心掏肺

看见空姐的微笑
脸上似有春风在吹

冲破云层的壁垒
抢走眼球的是云蒸霞蔚

遇上了激烈的颠簸
鼓点敲着心哆嗦颤抖着腿

遭遇超强气流
想到了"马航""失联"等词汇

人随飞机爬高
心儿却在下坠

山丁子果之恋

仍在想万米之上呢
该是怎样的春晖

没有起飞盼着起飞
刚要起飞就想到回归

八千米有八千米的累
一万米有一万米的美

2019年3月27日

旧 鞋 子

穿过的许多双鞋子

我都舍不得丢掉

整整齐齐摆在那里就是我人生的一段线条

它们见证了脚的成长

脚的跋涉和脚的起锚

风雪风霜中

给脚一个温暖的怀抱

炎热严酷中

给脚一个舒爽的窠巢

有时候是一双"小鞋儿"

让我知道挤脚的滋味

有时候是一双大鞋

让我品味大一号的烦恼

同我走过来路的泥泞

丈量崎岖的盘盘绕绕

陪我下田劳作

培肥喷香的花儿

摘除贪长的草

伴我登上泰山之巅

分享我为山之峰的荣耀

它们是我的一只只船

传递一根岁月的长篙

蹚过激流

山丁子果之恋

涉过深潭

躲开暗礁

一程又一程

送我到风景这边独好

如今它们旧了老了

静静地闲在墙角

那洞穿的窟窿

眼睛一样注视着我的来世今朝

尽管过去很久很久

依然保留着我身体的味道

2019年4月16日

日 历

一张纸很薄　很轻
一阵风一吹或者
手指随意地一捻
就翻过了一天

有时候飘来了雨雪
或者浸泡了泪水
也很沉　很重
几天甚至很多天
在一起黏连
也许翻都无法翻

有的人
掀一页丢一页
化了灰成了烟
有的人
掀一页攒一页
攒成了一座山

2019年6月14日

一个人·一本书

一个人
就是一本书
扉页上
都写着啼哭和祝福

自己的脚印排成版面
各有各的厚度

有纷乱
也有匀速
有丰满
也有稀疏
有端正
也有倾覆
有深邃
也有虚无
有洁净
也有泥污
有沉稳
也有漂浮
有阔大
也有短促
有飘逸

也有踟蹰
有同行
也有独舞
有繁重
也有荒芜

有的成了路
有的成了土
一串深深浅浅的足迹
让人仔仔细细品悟

一个人
就是一本书
封底上
都写着祝福和痛哭

2018年12月30日

一条穿着花衣的狗

后面是一条狗
前面是一位夫人

那夫人珠光宝气
首饰满手满身
时常蹲下来
抚摸一下小狗
跟呵护孩子一样耐心
那狗穿着绿的袄
红的裙
一双粉色的皮鞋
踩出一路缤纷
架着墨镜
样子还真有了
人的形象
人的精神
似乎要与主子
来一番比拼

忽然　狗想努力挣脱那只手
像是在牵着它的主人

2018年12月20日

一只狗戴着嘴笼

一只狗与众不同
它戴着嘴笼

是咬伤了遛弯儿的老人
还是惊扰了邻里香甜的梦境
是打扰了猫儿的猎鼠行动
还是影响了雄鸡的晨鸣
是偷吃了别人的骨头
还是怕错吃污物误了性命
是不该叫时胡乱发声
还是狂吠不止扰乱了视听

一个嘴笼
避免了太多的事情

2018年12月18日

登 山

不要说
已经登得足够高
你的头顶
还有星光晨光和阳光
汗水雨水泪水
会浇灌出别样儿的芬芳

不要说
登得还不够高
你的身上
聚集月光烛光和目光
你驻足的地方
多少人在翘首仰望

2019年11月26日

看 山

看山
有山峰山丘和山峦
有的高耸在盛夏
有的绵延在冬天

看山
有的赞美它的高
有的在意它的险
也有的感叹它瀑布高悬

看山
有的悠闲在温暖热带
有的根植于荒漠高原
还有的头顶白雪刺破青天

看山
不是所有的山峰
都值得仰望
不是所有的山峦
都可以平视
不是所有的山丘
都应该俯瞰

2019年12月19日

失　眠

宁愿丢掉一座金山
也不愿丢失自己的睡眠
人　能够主宰万物
却主宰不了自己的意念

秦皇汉武唐宗宋祖
谁才是天下第一好汉
西施贵妃昭君貂蝉
谁才是古代第一美颜
领导是不是对我有了想法
要不怎么拉长了脸
邻居的姑娘嫁了那小子
婚姻算不算美满
老婆对爹妈的那个态度
真应该狠狠揍她两拳
孩子的成绩那么差
怨就怨他所在的那个班
今天那哥们做事差劲
明天得给他点颜色看看
表叔家的二哥不讲究
多少年欠款不还
童年青年壮年
做人咋就这么难

现在过去从前
怎么留下那么多的缺憾
未来的路还有很远
谁知道有多少沟沟坎坎

想起来的都是炭火
烤糊了翻来覆去的思绪
漫进来的都是流水
漂走了垂涎欲滴的香甜
睡熟了天上
失眠了人间

2019年元月10日

痕 迹

公园里的雪地
一张洁白无瑕的纸
人的脚印
串起跋涉者的豪气
小猫儿走过
撒下朵朵梅花花香四溢
小老鼠儿出没
写着胆胆怯怯寻寻觅觅
一滩尿迹
像印在雪上丑陋的影子
不知道是人还是狗的写意

2019年12月9日

唱 歌

其实
人人都会唱歌
人人都是歌迷
你看一代代的听歌人
都陶醉在经典的歌声里

只不过
我们不是阿宝王二妮
我们把歌唱给了一群羊
唱给了天和地

更多的人
把歌唱给了该听的人
唱给了不紧不慢的时光
唱给了他自己

山丁子果之恋

2019年12月21日

红绿灯

熬红了眼
也要把眼眶瞪圆
告诉你
天大的灾祸都在瞬间

熬红了眼
也不敢分秒偷闲
告诉你
哪里是平安哪里有凶险

熬红了眼
也要也要红光闪闪
告诉你
脚正踏上血光的红线

熬红了眼
也要洒下柔光一片
告诉你
这目光比阳光更暖

熬红了眼
也要绿意盎然

告诉你

春天离你不远

2020年元月5日

树　瘤

树林里在风传一则消息
那棵歪脖子树被锯掉
因为它长了巨大的树瘤
成了无价之宝

据说看林人要了天价
买主一个子儿没减掏了腰包
还要到国际上拿个大奖
从此那瘤子可在艺术殿堂逍遥

一个长发披肩的男人
还在树林里寻找
看是否有比歪脖子树更奇
尤以歪的弯的病的为妙

树林里发生了激烈的争吵
我们为什么要长直长高
那些矮的斜的拧着劲儿的
都在捂着嘴偷偷地笑

看林人正在求一种灵丹妙药
怎样让树变形变得蹊跷

小树们已经开始行动了
不少都长成了大大的问号

2020年元月13日晨

山丁子果之恋

装　瞎

乾隆说
不聋不瞎怎能当家
就是这个自称又聋又瞎的人
成就了千古一帝
创造了康乾盛世的繁华

你看那真正的盲人
不管是身在闹市
还是沟深坡大
凭着一根盲杖
如履平地遍走天涯

盲人有盲人的自信
装瞎有装瞎人的旷达

2020年元月15日

品 茶

缭绕的渴念
升腾起雾状的
迷蒙的一缕香韵

烫烫的滋味
给舌尖给肠胃
长长的一串香吻

舒展的绿色
在透明的风中
慢慢醒来了一个春

细细地品
能够品到
早霜的体温
涩涩的年轮
还有采茶女
指尖儿的浮沉

2020年3月12日

读 诗

能读懂关关雎鸠
读懂秦皇岛外打鱼船
读懂通俗易懂的李白
读懂的
就记在了心里
一记就是几百年
几千年

那些读不懂的
总是被埋在书里
一埋就是几百年
几千年
或者在几只
圈儿套着圈儿的眼镜片下
挣扎　苟延残喘

就像一生中遇到的人
读懂的成了朋友
融进了心田
读不懂的
只好形同陌路
一条大路各走半边

不可能

读懂所有的诗

就像每个人

不一定读懂自己脚印的深与浅

山丁子果之恋

2020年3月13日

冻 葱

阳光似乎丧失了温度
大地冻成了一块冰
满世界除了白色还是白色
消失了哪怕一点绿的光影
就那样适应北方的寒冷
体验着冰雪的柔情
再硬的风都不会
风干了根的功能
再厚的雪都盖不住
叶的萌动
冻不死的一颗心
冻不死的一个梦
给我一丝风的温暖
还你一片春的葱茏

寻找唐朝的那只鹅

怎么游着游着就不见了呢
不是游得很好很好吗
那些孩子们在找你
那些年轻人在找你
那些老人在找你
也有些很老很老的老人
我还听到那些没有出生
将来要出生的孩子在找你
在呼唤你
我在找你
你自己也在找你
找你找得好苦
我在心里问自己
你真的丢了吗

第五辑

枣柄儿

冬夜即景

白天扯了床被子
盖住了阳光、奔忙和喧哗
树林披一身薄暮
清点迟归的几只寒鸦
星星缩头缩脑
样子总是羞羞答答
红绿灯睁只眼闭只眼
该走的走该留的留下
车轮碾碎了疲惫
车灯照亮了窗台的鲜花
孩子背负沉甸甸的书包
去回复目光和灯光的情话
街灯睁圆夜的眼
看雪花梦一般飘飘洒洒

两只小鸟儿

两只小鸟儿

分属于两片树林

并不遥远的距离

却壁立千仞

烟波浩渺

小鸟儿的翅膀

飞不了那么远

越不了那么高

可目光是隔不断的

不管周围多么寒冷

一股专注的热流在燃烧

不管夜晚多么漆黑

一缕温暖的阳光来相邀

歌声是挡不住的

酷暑里

一丝清凉在心头缭绕

困境中

一腔真情搭起生命的天桥

再高的山

也挡不住关注

再浓的雾

也遮不住光照

风声雨声惊雷声中

也能听到彼此的心跳

2019年元月21日

那 个 我

我还有一个我
他是冰
我是火

他要前行
我想退缩
他正大光明
我选择猥琐
我想慷慨解囊
他却特别吝啬
我要坚强
他想懦弱

我打不开他的绳扣儿
他解不了我的心结儿
像面对任性的孩子
要给他上一把锁
像对待固定的靶子
常对我推拿腾挪

有时默默较量
对峙到无处藏躲
有时真刀真枪

直打到心里流血
总是南辕北辙
很难握手言和

那个我
不是我的影子
他自己活着

2019元月25日晨

诗与睡眠

诗与睡眠是一对宿敌
都想占有宁静的夜晚
宁静的夜晚并不宁静
一场争夺激战正酣

睡眠总想把思绪铺展
干爽的枕巾
干净的床单
托起干净干爽的梦幻

诗不是飓风巨浪
而是潮水式的漫卷
先是把睡眠浸泡
后是抛到空中晾干

睡眠辗转反侧
反侧辗转
使出条条妙计
反而扩大了敌方的地盘

诗执着在一条曲径
占据有利的制高点
极目古今中外

揉搓抻拽将睡眠把玩

诗惯于乘风破浪
树起威风凛凛的桅杆
张开诗情的翅膀
扬起豪情万丈的云帆

睡眠且战且退
且退且战
收拾收拾凌乱的梦想
拉开了渐渐发白的窗帘

破碎了失意的睡眠
完整了骄傲的诗篇

2019年元月31日晨

一个孩子的校园

这是一所山村学校
漂亮得有些抢眼

围墙边的小松树整齐挺拔
手拉着手相互顾盼
花坛里的花儿
绽放着天真的笑脸

阳光细数教室的窗子
一遍又一遍
数来数去
闪烁的都是茫然

空旷的操场上
一根旗杆挺立着孤单
寂寥的领操台
只有风儿在上面预演

偌大个校舍
偌大个教室
一个课桌一把椅子
坐着一个孤零零的少年

父母离家久了
远在想不到的天边
是爷爷奶奶以死相逼
他才留下来"读研"

同学有的上了高高的楼
有的下了低低的田
他一个人扛着沉重的校园
还能走出多远

校长带着七八个老师
在备同一堂课
他们　学校　孩子还有山村
该怎样迎接　迎接怎样的明天

2019年2月14日

201

飘扬在枝头的红叶

风凉了
霜降了
树叶由绿变黄
闪烁着金子的光芒
风冷了
雪落了
树叶由黄变红
像血染的旗帜飘扬

狂风拉呀拽呀
扯不断这绵绵的情丝
大雪打呀劈呀
斩不开这柔韧的情肠
不管是阴是晴
都在阅读天空的沧桑
雁阵寒来暑往
始终牢记家的方向
星星拱卫着月亮
共同分享温暖的阳光
风筝在天空翱翔
线儿紧握在老人手上
雪花纷纷扬扬
为大地盖上厚厚的衣裳

风硬了

冰封了

天地间一派苍茫

枝头飘扬的红叶

像一簇茁壮的火苗儿

越烧越旺

2019年元月8日

背向阳光的树叶

你是一枚普通的树叶
跟其他树叶没什么两样儿
因为没有选择的选择
你长在了背向阳光的地方

树叶有面向阳光的
就有的背向阳光
像地分南北有冷有热
人分贫富你城他乡

你总是努力舒张
努力向上
才能在叶与叶的间隙
分享太阳久违的光芒

舒张舒张
养成了你不变的性格
向上向上
变成了你生存的方向

舒张舒张
你学会了风雨中欢快歌唱
向上向上

你叶脉里注入了太多的坚强

舒张舒张
你汲取了能量也释放了能量
向上向上
你奏出了交响也融入了交响

你的叶片展露累累疤痕
也昭示了坦坦荡荡
你的脸上布满艰辛沧桑
也彰显了无穷力量

树根知道
你回报了血脉一样的绵绵的滋养
年轮懂得
你传递了情丝一样的痴痴的守望

2018年11月16日

并不完美的树叶

找遍了整个秋天
也找遍了天南地北
没有一片树叶称得上完美

不是叶脉被折断
就是叶片发了霉
有的斑痕点点
有的过早枯萎

手捧并不完美的树叶
仿佛手捧阳春百花吐蕊
夏日碧波万顷
金秋丰盈妩媚

哪一片树叶不曾经历
春寒日烤雨打霜淬
哪一片树叶不曾承受
风抽雾染闪电惊雷

每一片树叶
都承载了风雨的印记
每一片树叶
都奉献了绿色的春晖

并不完美的树叶
完美了四季
完美了四季的轮回

2018年12月9日

冬日梧桐

冬天到了
你显得有些弱不禁风
仍以一棵树的姿态
撑起了一片蔚蓝的天空

那有力的臂膀
曾托起凤凰的憧憬
那浓密的发丝
曾拨响百鸟的合鸣

那稚嫩的叶片里
曾经春潮萌动
那蓬勃的树冠上
曾经绿涛汹涌

枝条涤荡着尘埃
树干守护着宁静
绿荫挡住了难捱的酷暑
树叶托举了无数的繁星

树根抓紧深厚的土地
年轮书写生命的激情
希望站成了笔直的守候

丹心化作了血染的赤诚

冬天到了
你显得有些弱不禁风
仍手捧雪白的哈达
奉献给大地苍生

2018年12月13日

睁着眼睛的白桦

静静的山林里
仿佛一切都睡了
只有纯净的白桦树
睁着大大的眼睛

看云淡风轻
也看雾浓霜重
看生机无限
也看草木枯荣

看狗尾巴草儿摇尾卖萌
也看松柏铁骨铮铮
看鼠辈们贼眉鼠眼
也看山中王成竹在胸

看人们遍种绿色希望
也看斧锯面目狰狞
看阳光遍送温暖
也看冰雪荼毒生灵

只要站着
就保持清醒

即使倒下

也睁大眼睛

2018年12月14日

一片松树林

一片松树林

株是株行是行

像一排排小学生

列队在洁净的操场

你攀着我我比着你

看看谁更笔直

谁更粗壮

太阳照得少了些

雨露来得不那么酣畅

只要向上向上

就能争取到温暖的阳光

就能吸收到足够的营养

株距行距成了生存的规矩

严格严谨成了生长的力量

向上粗壮成了共同的方向

偶有稀疏的地方

有的松树秀一秀身姿

有的伸一伸臂膀

不是扭扭曲曲

就是怪模怪样

充沛的光照

充足的养分

阔大的空间
反倒变成了成长的硬伤

2019年2月26日

冬天的脚印

战战兢兢在冰上的
迈不开大步

歪歪扭扭在雪上的
在暖风中迷途

蹒蹒跚跚在地上的
踩实了路上的路

踏踏实实在心里的
走进了春的深处

2020年2月22日

松树林絮语

（一）

每一棵松树都长有翅膀
每一次翅膀的蝉蜕
都会留下硬伤

做着飞的梦
而不去飞
因为根牵着肠

一块块伤痕当云梯
披上了云的衣裳
谁说
这不是一种飞翔

（二）

你的挺拔伟岸
是我的地标
我的亭亭玉立
是你的身教

没有你我的比照
长得歪了长得扭了

215

还以为是一种婀娜
还以为是别样的妖娆

（三）
你的一只臂
我的一只臂
这就是你我之间的距离

指尖扣着指尖
互通暖意
肩膀挨着肩膀
共担风雨

远了　迷离
近了　窒息

（四）
天
那么高那么远
那么大那么蓝

不是想长到天上
只是想
离天近一点

（五）
默默地长
默默地生
长成树叶如针
树枝如剑
树冠如蓬

呼唤风
有了风
便有了歌
便有了涛声

（六）
站直了是个1
1+1大于1
站成排是1111

减掉一个
变成1101
减掉两个
变成1001
可还能挡得了风雨

2020年3月11日

枣柄儿

是脐带
是纤绳
十个月的胎动
由花而果
由单薄而充盈
从一叶扁舟
到帆影幢幢

躲闪不了风雨
风越大雨越浓
越是紧绷

逃避不了霜寒
霜越冷寒越重
越是鲜红

日子里的清苦
化作甜蜜一丝丝聚拢
旅途上的单调
镀成色彩一点点输送

一顿乱棍的攫取
打不断柔韧和坚硬

不撒手
心贴着心的性情
扛得住
筋连着骨的疼痛
因了与根的约定
牵挂一生

2020年3月21日

第六辑

男人的泪

男人的泪

男人的泪
爱躲避着阳光
不是喜欢黑暗
是可以泪流满面

男人的泪
不能够分享
只能拌着夜色
独自慢慢咀嚼吞咽

男人的泪
淌得很慢很慢
流过长长的脸颊
千回百转

男人的泪
涌来是五味瓶
辣中含着苦
甜里也有酸

男人的泪
不是不竭的山泉
有时一泻千里

223

也能说干就干

男人的泪
总是蓄得满满
能遮盖狭窄的河床
养得住宽广的天

男人的泪
是自己的饭
吃得越多
就能走得越远

男人的泪
是自己的金了
攒多了就金贵
花不完还能遗传

2020年元月6日晨

被需要是一种幸福

给久旱的花苗送去充盈的雨露
让淡淡的花香在空气中漫舞

给焦灼的渡河人送一叶扁舟
让无路的天堑畅通无阻

给夜行人送去一只红烛
让光明伴着跋涉者的脚步

给坎坷添上一把泥土
让奋进者踏上平展的坦途

给春天的小草儿一番风雨
让它知道成长中要经历痛苦

给过马路的老人一个搀扶
让微笑在人们的心里永驻

给饥饿的山村送一捧稻菽
让贫弱直起腰挽手富足

给无助以帮助

被需要是一种幸福

2019年3月21日

冰上渔人

沉沉的天空冰封的大江
正是一年中
也是一天中最冷的时辰
晨光里走来不怕冷的打鱼人
狗皮帽忽哒哒驱赶寒冷
胶皮鞋吱嘎嘎趟出清新
谈笑间吐着满口金
呼口气散落一地银
西北风吹口哨忙着伴奏
冰凌花大冷天绽放热忱
冰天雪地舞动着忙碌的神
尖利的冰穿击碎冰面
穿透了厚厚的沉闷
僵蛇般的大江似乎醒了
传递着蜿蜒的乐音
穿网杆顺网线
布下密密的网阵
抄罗子搅活冰下水
水雾飘出了喜人的渔讯
起网喽
拉起了沉甸甸的江之魂
捞出了活蹦乱跳的一网春

2019年3月8日

小 虫 儿

每天都能看见许多小虫儿
或嗡嗡嘤嘤
或默默爬行
有的紧盯着一点食物
有的只顾雌雄争锋
全然不理会人的存在
你抢我夺
你争我斗
你退我进
你耻我荣
人在它们眼里
是横亘的山脉
是静止的天空
可只要人动动手指
搓一搓脚底
或者吹一口气
那就是八级地震九级台风
有一次乘飞机降落的时候
看见汽车像一只只甲壳虫
人像一条条小虫儿在慢慢蠕动
临窗的人都笑了
谁都没有笑出声儿

2019年4月24日

小菜摊儿

楼下十字路口的小菜摊儿
似乎被冬天的寒风给刮丢了
今天跟暖暖的风一起摆上街面
干辣椒红红的像花缺了花的色彩
咸黄瓜挺绿少了绿的自在
黄花菜风干了已是昨日黄花
"心里美"的外表怎么也美不起来
卖剩下的年画呼哒哒喊着贱卖
土豆子生了芽无精打采
海杂鱼软塌塌抱成一坨儿
冻白菜冻了化化了冻腻腻歪歪
忽然间眼一亮发芽葱大棚韭菜
问问价葱五块韭菜十块
春天真的挺贵
还有点亟不可待

2019年3月1日

静 夜

望也望不到尽头的夜空
装不下望不到尽头的宁静
有些许星辉
还有星辉飘落的脚步声

可以睁大双眼
不在意把什么看清
可以双目闭合
任思绪自由驰骋

可以慢慢盖上毯子
让夜色慢慢围拢
可以一脚蹬掉被子
让自己一丝不剩

不必留意风
是风软还是风硬
不必裹紧厚厚的盔甲
怕自己被风磕疼

不必留意眼睛
去揣摩猜疑或庆幸
不必端正坐姿和语调

去顾及是斜觑还是圆睁

摁亮台灯
把古今中外的路照明
看一看深深浅浅的脚印
听一听远远近近的叮咛

那不知疲倦的街灯
痴守着脚下的暗影儿
怕眨一眨眼
就会把这夜惊醒

望也望不到尽头的夜空
装不下望不到尽头的宁静
把梦想放飞
也放飞数也没数清的星星

2020年元月29日晨

乌 鸦

其实　你不是黑色的
你背了一口好大好大的黑锅

这黑锅好沉好重啊
沉重得像无边的黑夜
压抑　无法诉说

阳光很难穿透坚硬的黑色
所以你的心很冷
你的眼睛里总是燃烧着一团火

风的语言很尖刻
雨的眼神很冷漠
而你　并没有选择怯懦

身披有点丑陋的黑色
不羡慕五彩斑斓的凤凰
鄙视尾巴高翘唱歌高调的喜鹊

你有你的快乐
别人喝不到水你有水喝
让所有害虫都停止作恶

尽管嗓音有些喑哑

每天都唱着祈福吉祥的歌

山丁子果之恋

岁 暮

微汗
在山顶回首
崎岖已踩成小路
荆棘已碎成薄雾
花香　果香
吸入心肺
化作筋骨
拭汗
向另个山顶注目
岁暮　岁初

2018年12月27日

城市里的猫

栖息　在高楼与高楼之间
心头就有太多太重的阴影
太阳照不到的地方
周围是远离阳光的寒冷

穿行　在车轮与车轮之间
轮鼓好黑好硬
辗过生命
就像辗过一缕风

叫春的季节
和不让叫春的保安
总是爆发战争
以欲望的不了了之了告终

循着老鼠的叫声
蹑足前行
却是孩子手中的玩具鼠
笑得有些张扬　有些狰狞

城市里的垃圾箱
饭菜总是很丰盛
随时飞来的一只鞋　一句叫骂

会打乱所有的心情

枕着杂乱的脚步和杂乱的心绪
做了一个五彩的甜蜜的梦
梦中
双脚踏上了连接田野的彩虹

当你老了

当你老了
当你真的老了
可不像当你老了那首歌
唱得那么轻松那么温馨

头颅已经低垂
想的却是日光月轮
身体已经迟钝
心却在高天上流云

愿意说起从前
从前的我是多么的骄人
不愿意谈起眼下
眼下总惦记着壶里乾坤

常常想起昨天
却混淆了今天的晨昏
常常夜里有勃勃雄心
醒了才明白手脚多么拙笨

想着想着回家
却走到了儿时的家门
刚刚撂下饭碗

237

却忘记今天饭吃了几顿

有的债务已经还清
有的却越逼越紧
有的愿望已经实现
有的却越背越沉

总想再为儿女做点什么
却搅乱了儿女们的方阵
总想有病疼在自己身上
别让疾苦缠绊了子孙

病痛是个好朋友
常伴左右不离不分
有时平添一些苦痛
有时倒是提个醒提提神

跟它说不清是友谊缘分
还是前世恩怨在身
有时影子一样跟在后面
有时灯笼一样牵引着灵魂

当你老了真的老了
要放下身放下心
放下病放下痛
放下物放下人

学会放下
放下的是包袱
学会提起
提起的是精神

2018年12月7日

山丁子果之恋

稻草人的梦想

下雪了
原野一片苍茫
西北风的哨声
吹奏出些许荒凉

一个稻草人
衣衫褴褛　样子滑稽
风雪中
少有了人的模样

可是它依然在痴痴地守望
守望冻僵了的泥土
依然在痴痴地留恋
梦想回到正在走远的时光

它看见了
看见春光水一样的流淌
看见阳光暖暖的
小手一样在身上抓痒儿

它看见了
看见禾苗排列成绿色的诗行
看见薰风轻轻吹拂

诗情在水中微微荡漾

它看见了
看见农家拿来彩云般的花布
还有一条红色的丝带
把它装扮成了美丽的新娘

它看见了
看见一个俏丽的身影日夜奔忙
红色丝带在飘舞
像鲜艳的旗帜在高飏

借着风雨的鼓荡
它舞动四方
让贪婪的虫儿选择了逃遁
让贪吃的鸟儿选择了飞翔

借着天地的回响
它幸福歌唱
让小河选择了欢腾
让野花选择了怒放

七彩的秋光
涌动翻卷的稻浪
成熟的香味
长出了翅膀

农家的笑意
随着鼓胀的稻粒鼓胀
田野的心情
随着金黄的大地金黄

在农家的喜泪里
稻草人感受到了成长
在春风秋雨中
稻草人体验到了欢畅

下雪了
原野一片苍茫
西北风的哨声
吹奏山些许荒凉

稻草人依然在守望
依然在梦想
一身漂亮的衣裳
还有农家期许的目光

殡仪馆里的音乐

有长　有短
似乎所有演出都不够圆满

有急　有缓
似乎精彩部分还没有上演

有高　有低
似乎每个章节都没有平淡

有快　有慢
似乎每走一步都拒绝慵懒

有哭　有哭
似乎每个音符都不会走远

有憾　有憾
似乎每一朵心花都在发颤

人走空了
仍在那里流连忘返

假如没有了太阳

每个人都离不开太阳
小草儿大树
飞翔的小鸟儿
奔跑的大象
都同人类一样
离不开普照万物的太阳

有人说
在漆黑的夜晚
在阴雨的天气
在冷酷的寒冬
太阳
它躲在了什么地方

也有人说
在一些墙角
在山的背面
在旮旯胡同
太阳
怎么少见了它的光芒

甚至有人说
太阳本身也有黑洞

还有黑子
也许还有不为人知的暗疮
太阳自己也要认真思量

请不要挑剔太阳
请你想一想
假如没有了太阳
他们它们
你们我们
还有这个世界
会是个什么模样

2018年12月3日

两 个 人

那时候
他是一个诗人
他是一个学诗的人

他希望他成为诗人
他自己也想成为诗人

他是一个总在写总在写的人
他是一个偶尔读偶尔写的人

他是当了作协领导还在写的人
他是当了乡领导就不读不写的人

到如今
他成了一个大诗人
他成了读不懂诗的人

2018年1月23日

你的天空下雪了吗

今天
我的夜翻来覆去
阴云
披散着头发
对着夜色拍拍打打
狂风
似是在叫骂
落叶泪一样漂洒
雨滴
敲击着窗棂
凝成了霜花
下雪了
一地白发

今夜
你的天空下雪了吗

2018年12月18日

你 是 风

你没有太阳那么热
你没有冰雪那么冷
你是风
无论三伏
还是三九
你都在适当的时候
送来温暖抑或是凉爽的
叮咛
比如春风
刮在脸上有点疼
回味暖意融融

2018年1月23日

女单花样滑冰

像一只鸽子
呼唤白云作伴
像一条飞鱼
游戏起伏波澜
像一颗星星
闪烁浩浩河汉
像一束花朵
盛开芬芳花园
像一株幼苗
铺展绿色一片
像一叶小舟
撑起鼓荡风帆

把普通舞成了浪漫
把羽毛舞成了翼展
把羞涩舞成了绽放
把白纸舞成了诗篇
把沉默舞成了呐喊
把星光舞成了烈焰
把跌倒舞成了笑容
把起点舞成了彼岸
把真实舞成了梦幻
把平静舞成了山峦

249

把单调舞成了多彩
把信心舞成了永远

汗水
铺就了平坦的地
自信
就有了广阔的天

2017年02月20日

打 雪 仗

扬吆　扬吆
给十分钟插上翅膀
扔吆　扔吆
扔掉四十五分钟的紧张
追吆　追吆
送你一颗银色的童心
打吆　打吆
还你一片纯洁的向往
掬一捧六角形的欢笑
飞满校园闪烁的梦想
握紧一团结结实实的春光
掷给一轮初升的朝阳

后 记

同事、朋友、同学读了我的诗，都问我写了多少了，够了的话该出一本诗集了。这正合了我多年的愿望，于是，就有了这本《山丁子果之恋》。

学着写诗，是在黑河师范中文班上学的时候。那是20世纪70年代末80年代初，校园里懵懵懂懂的小青年儿不少都做着诗人梦。我们班也有几个学着写诗的同学，好在身边有一位高考作文满分的同学也是大哥柳邦坤，他已经是在报刊发表作品，又在学校征文比赛中屡获殊荣的小有名气的作者，即是我和李铁春、王振彪等几个"诗坛"混混儿的同学，也是我们的老师。毕业后人家邦坤兄当了多年电视台台长，出了好几本书，又成了高校新闻传播专业的教授，而我却一事无成。

说一事无成，经历倒蛮丰富，当了六年老师，两年半的记者，之后是办公室秘书、副主任、乡党委书记、政府办主任、政法委副书记、县委常委、统战部部长、县政协主席。小官儿当了多年，诗却被抛到了脑后。

临近退休了，心静了，时间也充裕了，又想起了我的诗人梦。还别说，提起笔还真的陆陆续续写了一百多首，特别是在新冠肺炎疫情防控期间写的几首诗，在人民网、国际在线、中国推介、首都文学微刊等推出，更增强了我继续写下去的信心。

我的诗主要写的是对北国边疆、对故乡对亲人的爱，还有一些是对社会、对生活、对人生的思考。我知道我的诗无论是立意，还是意境，语言以及表达方式等方面还肤浅得很，粗糙得很，干瘪得很。但是，它是对我自己——一个爱写诗的人的一个交代，也给我的诗人梦找到了热被窝儿！

感谢我的家人给予我的默默支持；感谢我的同事、朋友、特别是我师范学校的老师同学们，他们每一次在微信群里竖起的大拇指，都增添了我写作的勇气和力量；感谢我亦师亦友的老同学老大哥柳邦坤教授，给了我悉心的指点和帮助，并为诗集作序；感谢我单位的福增、国红等同志，他们的辛勤付出，让这本书成了一本书！

作者

2020年4月10日于逊克

254